KB175582

Poil de Carotte

푸른숲
징검다리
클래식
0 3 9

홍당무

Poil de Carotte

쥘 르나르 지음

전혜영 옮김

푸른숲주니어

'푸른숲 징검다리 클래식'을 펴내며

어린 시절, 할머니께서 조근조근 들려주시던 옛날이야기는 새로운 세상과 통하는 작은 창이었다. 상상의 날개를 달고 떠나는 창 너머 세상으로의 여행은 들어도 들어도 질리지 않는 재미와 마음속 깊은 곳을 울리는 감동을 선사해 주곤 했다. 그뿐 아니라 우리의 삶을 어떻게 꾸려 가야 하는지 곰곰이 생각해 보게 하는 지혜를 가르쳐 주었다. 말하자면 우리는 그 이야기들을 통해 '삶'을 배운 셈이다.

우리가 문학 작품을 읽어야 하는 까닭 또한 '삶을 배운다'는 점에서 크게 다르지 않다. 우리는 한 편 한 편의 문학 작품을 만나 사랑을 배우고, 우정을 배우고, 진실을 배우고, 지혜를 배운다.

그런 점에서 '푸른숲 징검다리 클래식'은 참 의미가 깊다. 오랜 세월을 거치며 각 나라의 문학사에 확고히 자리매김한 작품들을 한데 모았기 때문이다. 문학을 사랑하는 사람들이 즐겨 읽어 세계적인 명저로 일컬어지는 작품들……. 이를테면 우리 부모 세대, 아니 그 이전 세대부터 즐겨 읽었던 작품들로 많은 이들에게 삶의 의미와 가치를 일러주고, 또 '인생'이란 망망대해에서 등대 역할을 담당했던 것들이다.

세월이 흘러 사람들이 사는 모습도 달라지고 생각도 달라졌다. 그러나 시대와 장소를 뛰어넘어 변하지 않는 것이 있다. 바로 '삶'이다. 사람이 있는 곳이라면 어디든지 존재하는 삶은 항상 저마다의 무게를 떠안고 있다. 그 무게는 진실이라는 옷을 입고 문학 작품 속에 영원한 생명을 불어넣는다. 우리는 그것을 '고전'이라 부른다.

　그러나 제아무리 훌륭한 고전이라 해도 독자가 읽고 소화할 수 없다면 아무런 소용이 없다. 지나치게 방대한 분량과 길고 어려운 문장은 책을 읽으려는 청소년들의 의지를 꺾을 뿐 아니라 좌절감마저 불러일으킨다.

　'푸른숲 징검다리 클래식'은 바로 그러한 점을 염두에 두고 기획된 세계 명작 시리즈이다. 작품이 본디 지닌 맛과 재미를 고스란히 살리면서 우리 청소년들이 읽고 소화하기 쉽게 글을 다듬었다.

　그리고 본문 뒤에는 현직 국어 교사들이 직접 쓴 해설을 붙였다. 작가나 작품에 대한 풍부한 설명은 물론, 그 작품들이 지니고 있는 현재적 의미까지 상세하게 짚어 보이고 있다. 아울러 해설 곳곳에 관련 정보를 담은 팁과 시각 자료를 배치해, 읽는 재미를 넘어 보는 재미까지 만끽할 수 있도록 했다.

　아무쪼록 '푸른숲 징검다리 클래식'을 통해 우리 청소년들의 삶이 더욱더 깊고 풍성해지기를…….

2006년 4월
기획위원　강혜원·전종옥·송수진

| 차례 |

제 1 장
닭 장

"오노린이 또 닭장 문을 안 닫았군."

르픽 부인이 말했다.

사실이었다. 창문 너머로 고개를 내밀면 한눈에 바라다보였다.

넓은 뜰 제일 안쪽에 있는 자그마한 닭장의 지붕 위로 네모난 문이 활짝 열려 있었다. 닭장 문은 어둠 속에서 더 시커멓게 두드러져 보였다.

"펠릭스, 얼른 가서 문 좀 닫고 올래?"

르픽 부인이 큰아들에게 말했다.

"제가 닭이나 돌보려고 여기 있는 줄 아세요?"

얼굴이 창백하고 겁이 많은 데다 게으르기까지 한 펠릭스가 시큰둥하게 대꾸했다.

"그럼, 에르네스틴! 네가 갈래?"

"아, 엄마! 전 무서워서 싫어요."

펠릭스와 에르네스틴은 고개도 들지 않고 대답했다. 둘은 식탁에 팔을 괴고 앉은 채 서로 이마를 맞대고 책을 읽고 있었다.

"이런, 내 정신 좀 봐! 홍당무가 있었지. 홍당무, 어서 가서 닭장 문 좀 닫고 오너라."

르픽 부인이 대뜸 소리쳤다.

르픽 부인은 막내아들을 홍당무라고 불렀다. 머리카락이 빨갛고 얼굴에 주근깨가 많기 때문이었다. 그때 식탁 밑에서 혼자 놀고 있던 홍당무는 자리에서 일어나 쭈뼛거리며 말했다.

"엄마, 저도 무서워요."

"뭐? 다 큰 녀석이 어린애처럼 왜 그래! 누가 들으면 웃겠다. 어서 가서 닭장 문 닫고 와!"

르픽 부인이 대꾸했다.

"홍당무가 얼마나 용감한지는 세상이 다 알아."

에르네스틴이 끼어들었다.

"홍당무는 세상에서 무서운 게 아무것도 없을걸."

펠릭스도 거들고 나섰다.

형과 누나가 추어올리자 홍당무는 우쭐해졌다. 방금 전에 무섭다고 한 것이 도리어 부끄럽게 느껴질 지경이었다. 홍당무는 두려움을 떨쳐 버리기로 마음먹었다. 사실 지금 당장 가지 않으면 뺨을 때리겠다고 엄마가 윽박을 지르기도 했다.

"그러면 불이라도 비춰 주세요."

홍당무가 용기를 내어 말했다.

르픽 부인은 어깨를 으쓱할 뿐 모른 척했고, 펠릭스는 빈정대듯 씩 웃었다. 그나마 마음이 여린 에르네스틴이 촛불을 가져와서 복도 끝까지 동생과 함께 가 주었다.

"누나는 여기서 기다릴게."

하지만 에르네스틴은 그 말이 끝나기가 무섭게 집 안으로 도망을 갔다. 갑자기 바람이 불어오면서 촛불이 꺼져 버렸던 것이다.

홍당무는 어둠 속에서 덜덜 떨었다. 엉덩이에 힘을 잔뜩 주고는 발이 땅에 붙어 버린 듯 꼼짝도 하지 못했다. 아무것도 보이지 않아서 마치 맹인이 된 느낌이었다. 때마침 거센 바람이 불어오자, 얼음장처럼 차가운 이불이 홍당무를 감싸서 바닥으로 내동댕이치는 것만 같았다. 손가락과 뺨에 스치는 차가운 냉기가 여우나 늑대의 입김마냥 오싹했다.

이 암흑에서 벗어나려면 우선 닭장으로 뛰는 수밖에 없었다. 홍당무는 고개를 앞으로 쑥 내민 채 어둠을 헤치며 닭장까지 뛰어갔다. 손으로 여기저기를 더듬어 닭장 문고리를 잡았다. 홍당무의 발소리에 놀란 닭들이 홰 위에서 퍼덕거리며 울어 댔다.

홍당무가 닭들에게 소리쳤다.

"쉿, 조용히 해! 나야, 나라고!"

홍당무는 얼른 닭장 문을 닫은 다음 팔다리에 날개가 달린 것처럼 재빠르게 현관으로 달렸다. 숨을 헐떡거리며 한껏 뿌듯한 마음으로 따뜻하고 밝은 집으로 돌아왔다. 진흙과 빗물에 젖어 무거워진 누더기를 보송보송하고 가벼운 새 옷으로 갈아입은 기분이었다.

홍당무는 미소를 지으며 자랑스럽게 가슴을 쫙 펴고 가족들의 칭찬을 기다렸다. 또한 가족들의 얼굴에서 자신을 걱정하며 기다린 흔적을 찾고 싶었다.

하지만 펠릭스와 에르네스틴은 여전히 책만 읽고 있었다. 그때 르픽 부인이 아무렇지도 않게 말했다.

"홍당무, 이제부터 네가 매일 밤 닭장 문을 닫으렴."

제 2 장
자고새

르픽 씨는 여느 때와 다름없이 사냥 자루에 있는 사냥물을 식탁 위에 쏟았다. 자루 속에는 자고새 두 마리가 있었다.

펠릭스가 벽에 걸린 석판에 '자고새 두 마리'라고 적었다. 사냥물의 종류와 수를 기록하는 게 펠릭스가 맡은 일이었다.

아이들마다 각자 맡은 일이 있었다. 에르네스틴은 사냥물의 깃털을 뽑거나 가죽을 벗기는 일을 했다. 홍당무는 상처를 입고도 죽지 않은 사냥물의 숨통을 완전히 끊는 일을 맡았다. 홍당무가 평소에 피도 눈물도 없다고 해서 가족들이 특별히 맡긴 일이었다.

자고새 두 마리가 날개를 퍼덕이며 고개를 움찔거렸다.

르픽 부인 : 안 죽이고 뭐하니?

홍당무 : 엄마, 이제부터 제가 석판에 사냥물 기록하는 일을 할래요.

르픽 부인 : 석판이 높은 데 있어서 손이 안 닿을 텐데.

홍당무 : 그럼 깃털을 뽑을게요.

르픽 부인 : 그건 남자가 할 일이 아니야.

결국 홍당무는 자고새 두 마리를 집어 들었다. 결코 듣고 싶지 않았지만, 르픽 부인은 새를 어떻게 죽여야 하는지 친절하게 설명해 주었다.

"너도 잘 알겠지만, 여기, 목을 꽉 잡고 졸라. 깃털이 나는 방향과 반대 방향으로 힘껏 잡아야 해."

홍당무는 한 손에 자고새 한 마리씩을 잡고는 등 뒤로 돌려서 새들의 목을 천천히 조르기 시작했다.

르픽 씨 : 두 마리를 한꺼번에 해치울 거냐? 악당 같은 녀석!

홍당무 : 그래야 빨리 끝나잖아요.

르픽 부인 : 예민한 척하지 마. 속으로는 즐기고 있으면서.

자고새가 발작을 일으키듯 버둥거렸다. 깃털이 빠질 정도로 날갯짓을 해 대며 죽지 않으려고 안간힘을 썼다. 홍당무는 자고새를 죽이는 것보다는 차라리 한 손으로 친구의 목을 조르는 게 더 쉽겠다고 생각했다.

자고새가 쉽사리 죽지 않자, 이번에는 무릎 사이에 끼운 다음 목을 세게 졸랐다. 홍당무는 새를 보지 않으려고 일부러 고개를 쳐든 채 얼굴이 시뻘게질 정도로 땀을 뻘뻘 흘리며 힘을 주었다.

하지만 새들은 끈질기게 버텼다.

빨리 일을 끝내고 싶었던 홍당무는 자고새의 다리를 잡더니 자기 신발의 구두코에 새의 머리를 힘껏 내리쳤다.

"으악, 잔인해! 인정사정없네! 지독한 녀석!"

펠릭스와 에르네스틴이 소리를 질렀다.

"일을 제대로 하네. 불쌍한 새들! 나도 저 녀석의 무시무시한 손아귀에 잡힐까 봐 무섭다니까."

르픽 부인이 말했다. 사냥을 많이 한 르픽 씨마저 그 모습이 끔찍했는지 밖으로 나가 버렸다.

"자, 여기요."

홍당무가 죽은 자고새들을 식탁 위로 휙 던지며 말했다.

르픽 부인은 자고새를 이리저리 뒤집어 보았다. 새의 머리가 아예 짓이겨져 있었다. 피가 새어 나오는 틈으로 자그마한 뇌가 보였다.

"이 지경이 되기 전에 빼앗았어야 했는데. 너무 지저분해졌어, 그렇지?"

르픽 부인이 말했다.

"그러게요. 확실히 다른 때보다 끔찍하네요."

펠릭스가 대답했다.

제 3 장
개

르픽 씨와 에르네스틴은 불빛 밑에 팔꿈치를 괴고 나란히 앉아 있었다. 한 사람은 신문을 읽었고, 또 한 사람은 학교에서 상으로 받은 책을 읽었다. 르픽 부인은 뜨개질을 했으며, 펠릭스는 난롯가에서 불을 쬐고 있었다. 홍당무는 바닥에 앉아 이런저런 생각에 잠겨 있었다.

그때 현관 발깔개를 이불처럼 덮고 자던 개 피람이 미친 듯이 짖기 시작했다.

"쉿!"

르픽 씨가 손가락을 입술에 대며 조용히 시켰다.

하지만 피람은 더 큰 소리로 짖어 댔다.

"멍청한 놈!"

르픽 부인이 말했다.

피람이 계속 으르렁거리며 짖어 대자 가족들은 화가 마구 치밀었다. 르픽 부인은 놀란 나머지 손으로 가슴을 눌렀고, 르픽 씨는 이를 악문 채 개를 노려보았다. 펠릭스는 욕설을 퍼부었지만 개가 짖는 소리에 묻혀 잘 들리지 않았다.

"시끄러워. 못된 개 같으니라고! 조용히 하지 못해!"

피람은 한층 더 심하게 짖었다. 결국 르픽 부인이 손바닥으로 개를 후려쳤고, 르픽 씨도 신문을 돌돌 말아 피람을 때리며 발로 걷어찼다. 피람은 맞는 게 무서웠는지 배를 납작하게 깔고 코까지 바닥에 댄 채 으르렁거렸다. 잔뜩 화가 난 것 같았다. 현관 발깔개에 주둥이를 부딪치며 목이 찢어지는 소리를 냈다.

르픽 씨 가족은 모두 화가 났다. 개가 엎드린 채 으르렁거리자 다들 자리에서 일어나 흥분을 감추지 못했다. 갑자기 유리창이 덜거덕거리고 난로의 연통이 덜덜 떨렸다. 에르네스틴까지 날카롭게 소리를 질렀다.

가족 중 그 누구도 시키지 않았지만, 홍당무는 무슨 일인지 알아보려고 밖으로 나갔다. 어쩌면 아직 집에 들어가지 못한 가난한 날품팔이가 지나갔을지도 몰랐다. 도둑질을 하려고 남의 집 담을 몰래 넘는 게 아니라면, 어차피 자신의 집으로 돌아가는 길일 것이다.

홍당무는 문을 열고 나가 길고 어두운 복도를 따라 걸었다. 현관 앞에 이르자 문빗장을 흔들어 일부러 덜컹거리는 소리가 나게 했다. 하지만 문을 열지는 않았다.

전에는 위험을 무릅쓰고 무작정 밖으로 나가 휘파람을 불거나 노래를 부르거나 발을 쿵쿵 구르면서 적에게 겁을 주려고 애썼다.

하지만 이제 홍당무는 속임수를 쓸 줄 알았다.

부모님은 홍당무가 일 잘 하는 경비원처럼 집 주변을 구석구석 살피고 있을 거라고 생각하겠지만, 정작 홍당무는 부모님을 감쪽같이 속이고 문 뒤에 몸을 바짝 기대고 있었다.

꼬리가 길면 언젠간 잡히겠지만, 일단은 가족을 속이는 데 성공했다.

홍당무는 재채기나 기침을 하면 어쩌나 속으로 걱정을 했다. 그래서 애써 숨을 죽이며 호흡을 부드럽게 가다듬었다. 고개를 들자 현관문에 난 작은 창 너머로 별 서너 개가 반짝거렸다. 그 영롱한 빛에 자신의 모습이 몹시 초라하게 느껴졌다.

이제 다시 돌아갈 때가 되었다. 너무 오래 있으면 가족들이 의심할 수도 있으니까.

홍당무는 가느다란 손가락으로 문빗장을 한 번 더 잡고 흔들어 댔다. 녹이 슨 쇠붙이에서 삐걱거리는 소리가 났다. 홍당무는 일부러 요란한 소리가 나도록 빗장을 끝까지 밀었다.

시끄러운 소리를 들은 가족들은 홍당무가 멀리까지 나갔다가 임무를 마치고 돌아왔다고 생각할 것이었다. 홍당무는 가족들을 안심시키려고 서둘러 뛰어갔다.

　그런데 지난번과 같이, 피람은 홍당무가 자리를 비운 사이에 잠잠해졌다. 가족들은 각자 제자리에 편안히 앉아 있었다. 아무도 홍당무에게 질문 따위를 하지 않았다. 이런 상황이 매우 익숙하다는 듯 홍당무가 먼저 입을 열었다.

　"걔가 꿈을 꿨나 봐요."

제 4 장
악 몽

홍당무는 집에 와서 자고 가는 사람들을 몹시 싫어했다. 자기 침대를 내주고 엄마와 함께 자야 했기 때문에 여간 불편한 게 아니었다. 홍당무는 언제 어디서나 실수투성이인 데다 잠을 잘 때 코를 고는 버릇까지 있었다. 일부러 코를 곤다는 말까지 들었다.

8월인데도 찬 기운이 감도는 넓은 방에는 침대 두 개가 나란히 놓여 있었다. 하나는 르픽 씨의 것이었고, 다른 하나는 홍당무가 벽 쪽으로 바짝 붙어서 자고 있는 르픽 부인의 침대였다.

홍당무는 잠들기 전에 이불을 머리까지 뒤집어쓰고 큼큼거리며 헛기침을 했다. 목을 깨끗하게 하면 코를 골지 않을 거라고 생각했던 것이다. 그러다가 문득 코골이는 코와 관련이 있을 거라는 생각이 들었다. 홍당무는 코가 막히지 않았는지 확인하려고 코로 숨을 내쉬어 보았다. 그리고 숨을 거칠게 쉬지 않는 연습을 했다.

하지만 그날도 잠이 들자마자 어김없이 코를 골았다. 그것도 아주 요란하게.

르픽 부인은 손톱 두 개를 세우고 아들의 통통한 엉덩이를 피가 나도록 세게 꼬집었다. 르픽 부인이 홍당무와 함께 잘 때마다 항상 쓰는 방법이었다. 홍당무는 곧장 비명을 질렀고, 그 소리에 르픽 씨가 깜짝 놀라 잠에서 깨어났다.

"무슨 일이냐?"

르픽 부인이 대신 대답했다.

"얘가 악몽을 꿨나 봐요."

르픽 부인은 갑자기 아기를 달래는 유모처럼 다정한 목소리로 아들에게 자장가를 불러 주었다.

홍당무는 벽을 밀어서 무너뜨리기라도 할 것처럼 이마와 무릎을 벽에 바싹 대고 손바닥으로 엉덩이를 감쌌다. 코를 골 때마다 꼬집히는 걸 막으려면 그 방법밖에 없었다. 홍당무는 커다란 침대의 한쪽 구석에서 다시 잠이 들었다.

제 5 장
실례가 되는 이야기

   이런 이야기를 해도 될까? 다른 아이들이 영성체(가톨릭교에서 그리스도의 몸과 피를 받는 첫 종교 의식—옮긴이)를 하면서 몸과 마음을 정결하게 할 나이에도 홍당무는 여전히 지저분한 짓을 했다. 한번은 밤에 화장실에 가겠다는 말을 못 하고 오랫동안 오줌을 참은 적이 있었다. 온몸을 이리저리 비틀면 오줌을 참을 수 있다고 생각했던 것이다.

   이 얼마나 황당한 생각인지!

   어느 날 밤, 홍당무는 말뚝 옆에 편안히 서 있는 꿈을 꾸었다. 그런데 잠이 워낙 깊이 든 나머지, 그 자리에서 그만 시원하게 오줌을 누고 말았다.

아침이 되어 홍당무가 잠에서 깨어났다. 그런데 옆에 있어야 할 말뚝이 보이지 않자 깜짝 놀라서 허둥거렸다.

르픽 부인은 화가 나는 걸 꾹 참으며 인자한 엄마처럼 말없이 이불을 치워 주었다. 게다가 그날 아침에는 귀한 자식에게 하듯 홍당무가 씻기도 전에 아침을 먹였다. 손수 침대까지 수프를 가져다주었다.

실은 홍당무가 이불에 싼 '그것'을 나무 주걱으로 긁어 수프에 넣었던 것이다! 홍당무가 눈치채지 못하도록 아주 조금이긴 하지만.

펠릭스와 에르네스틴은 침대 머리맡에서 음흉한 표정으로 홍당무를 쳐다보았다. 신호가 떨어지면 금방이라도 웃음을 터트릴 기세였다.

르픽 부인은 아기 새에게 먹이를 주듯 작은 숟가락으로 수프를 떠서 홍당무의 입에 넣어 주었다. 그러면서 펠릭스와 에르네스틴에게 눈짓을 했다.

'얘들아, 여길 보렴. 자!'

'네, 엄마.'

펠릭스와 에르네스틴은 홍당무의 일그러질 얼굴을 상상하며 무척 즐거워했다. 이웃 사람들도 불러서 같이 구경했으면 더 재미있었을 거라고 생각하는 것처럼 보였다.

르픽 부인이 아이들에게 마지막 눈짓을 보냈다. 마치 눈으로 이렇게 묻는 것 같았다.

'이제 준비됐지?'

르픽 부인은 마지막 한 숟가락을 커다랗게 벌린 홍당무의 입속으로 느릿느릿 밀어 넣었다. 그러고는 역겹다는 표정을 지으며 말했다.

"아이고! 더러워. 네가 지금 뭘 먹었는지 알아? 넌 지금 '그것'을 먹었어. 네가 싼 것을 도로 네 입에 넣고 삼켰다고."

"그럴 줄 알았어요."

홍당무는 모두의 기대와는 달리 매우 태연하게 대답했다.

홍당무는 이제 이런 일에 아주 익숙했다. 무슨 일이든 익숙해지고 나면 더 이상 놀랄 것도 없는 법이다.

제 6 장
요 강

1

홍당무는 침대에 벌써 여러 번 실수를 했기 때문에 밤마다 조심하려고 무진장 애썼다. 여름에는 그나마 좀 쉬웠다. 르픽 부인이 아홉 시에 잠을 자라고 하면, 홍당무는 밖으로 나가 한 바퀴를 돌고 왔다. 그러면 밤새 편안하게 잘 수 있었다.

하지만 겨울에는 밖으로 나가기가 싫었다. 해가 질 때 닭장 문을 닫으러 가면서 오줌을 누긴 하지만, 그 한 번으로 다음 날 아침까지 참을 수는 없었다. 저녁을 먹고 빈둥거리다 보면 어느새 아홉 시를 알리는 종이 울렸다.

밤이 꽤 이슥해진 뒤에도, 홍당무는 왠지 이 밤이 영원히 끝나지 않을 것만 같았다. 아무래도 다시 오줌을 누고 오는 편이 나을 듯했다.

홍당무는 늘 그랬듯이 그날 밤에도 스스로에게 물었다.

'진짜 오줌이 마려운 거니?'

정말로 급해서 도저히 참을 수가 없거나 환한 달빛이 용기를 한껏 불어넣어 줄 때에만 '마려워.'라고 자신 있게 말했다.

이따금 르픽 씨와 펠릭스가 시범을 보여 줄 때도 있었다. 집에서 멀리 떨어진 들판까지 걸어가서 도랑을 찾을 필요까지는 없었다. 대개는 집 밖에 있는 난간 밑에서 볼일을 보았다. 물론 그때그때 달랐지만.

하지만 그날 밤에는 비가 무섭게 창문을 때리고 바람이 거세게 몰아쳐서 밤하늘에 별도 보이지 않았다. 들판에 있는 호두나무들도 위태롭게 흔들렸다.

'괜찮을 거야. 마렵지 않아.'

홍당무는 곰곰이 생각한 끝에 이렇게 결론을 내렸다.

가족들에게 잘 자라는 인사를 한 다음, 촛불을 켜고 복도 끝 오른쪽에 있는 자신의 방으로 들어갔다. 누추하고 쓸쓸한 방이었다. 옷을 벗고 침대에 누운 뒤 르픽 부인이 오기를 기다렸다.

이윽고 르픽 부인이 방으로 와서 이불자락을 팽팽하게 펴고는 바로 촛불을 훅 불어서 껐다. 초는 그대로 두었지만 성냥은 두고 가는 법이 없었다. 홍당무가 겁이 많다는 이유로 르픽 부인은 나가면서 방문을 열쇠로 잠갔다.

홍당무는 비로소 혼자가 된 기쁨을 맛보았다. 어둠 속에서 공상을 하는 게 즐거웠다. 낮에 있었던 일을 떠올리면서 별다른 사고 없이 하루를 무사히 보낸 게 다행이라 생각했다. 그러면서 내일도 운이 좋기를 빌었다. 홍당무는 내일도 오늘처럼 엄마가 자신에게 간섭하지 않기를 바랐다. 그 소원과 함께 잠을 청했다.

그런데 눈을 감기가 무섭게 다시 오줌이 마렵기 시작했다.

"이번엔 못 참겠어."

홍당무가 중얼거렸다.

다른 아이들 같으면 벌떡 일어났겠지만, 홍당무는 지금 침대 밑에 요강이 없다는 것을 잘 알고 있었다. 르픽 부인은 자신이 요강을 꼭 챙겨 놓는다고 우겼지만 실제로는 항상 잊어버렸다. 한술 더 떠서 홍당무처럼 실수하지 않으려고 조심하는 애한테는 요강이 딱히 필요하지 않다며, 말도 안 되는 변명까지 늘어놓았다.

홍당무는 자리에서 일어나지 않은 채 진지하게 고민했다.

'어차피 오늘 밤에는 실수를 할 텐데. 참아 봤자 나중에 양만 많아질 거야. 차라리 지금 오줌을 싸면 양이 적어서 내 체온으로 젖은 이불을 말릴 수도 있어. 그동안의 경험으로 봐서 이 정도 양은 엄마도 눈치채지 못하실 거야. 틀림없어.'

홍당무는 스스로를 위로하며 마음을 차분하게 가라앉히고 편안하게 눈을 감았다. 그리고 깊은 잠에 빠져들었다.

2

홍당무는 갑자기 잠에서 깨어나 아랫배의 상태를 살폈다.

"어, 어쩌지! 큰일이다!"

조금 전까지만 해도 괜찮은 줄 알았다. 어쩐지 재수가 좋더라니! 어젯밤에 게으름을 피운 것이 잘못이었다. 이제 엄한 벌을 받을 일만 남았다.

홍당무는 침대에 걸터앉아 고민하기 시작했다. 문은 열쇠로 굳게 잠겨 있었고 창문에는 창살이 달려 있었다. 방에서 나가는 것은 불가능했다.

홍당무는 자리에서 일어나 문과 창문의 창살을 흔들어 보았다. 바닥에 배를 대고 침대 밑으로 손을 넣어 휘휘 저었다. 없는 줄 알면서도 혹시나 하는 마음에 요강을 찾는 중이었다.

홍당무는 침대에 누웠다가 다시 또 일어났다. 잠을 자는 것보다 차라리 몸을 흔들고 걷고 발을 동동 구르는 편이 더 나았다. 빵빵하게 부풀어 오르는 배를 두 주먹으로 눌렀다.

결국 홍당무는 기어 들어가는 목소리로 외쳤다.

"엄마! 엄마!"

속으로는 르픽 부인에게 들릴까 봐 겁이 났다. 르픽 부인이 왔을 때 오줌이 도로 들어갈 수도 있으니까. 그러면 르픽 부인을 놀린 셈이 되는 것이어서 그것도 문제였다. 하지만 내일 아침에 엄마를 불렀다고 말할 때 그것이 거짓말이 아니었다고 말하고 싶었다.

하긴 이런 상황에서 어떻게 소리를 크게 지를 수 있을까? 오줌을 싸지 않으려고 배를 움켜쥔 채 억지로 참고 있는 중인데.

극심한 고통이 밀려오자 홍당무는 춤을 추듯 이리저리 몸을 흔들었다. 그러다가 벽에 부딪혀 넘어지면 다시 일어섰다. 의자에도 부딪히고 벽난로에도 부딪혔다. 마침내 벽난로 덮개를 들어 올리고는 장작 받침대 사이로 몸을 밀어 넣으며 엉덩이를 흔들었다. 끝내 본능에 항복하고 말았지만 더할 나위 없는 행복감이 밀려들었다.

방 안에 어둠이 짙어졌다.

3

홍당무는 새벽녘이 되어서야 겨우 잠이 드는 바람에 늦잠을 자고 말았다. 르픽 부인이 문을 열자마자 코끝을 찡그리며 인상을 썼다.

"이게 무슨 냄새지!"

르픽 부인이 말했다.

"엄마, 안녕히 주무셨어요?"

홍당무가 인사를 했다.

르픽 부인은 이불을 휙 걷어 보더니 킁킁거리며 방 안 구석구석에서 냄새를 맡았다. 얼마 지나지 않아 냄새가 나는 곳을 찾아냈다.

"요강이 없어서 미칠 뻔했어요."

홍당무는 서둘러 말했다. 자기가 한 일을 정당화시키려면 그 방법밖에 없었다.

"웃기지 마! 이 거짓말쟁이!"

르픽 부인은 이렇게 소리를 지르고는 황급히 밖으로 나갔다. 잠시 뒤, 요강을 몰래 숨겨 가지고 들어와서 재빨리 침대 밑에 밀어 넣었다. 그런 다음에 우두커니 서 있는 홍당무를 휙 밀어 젖히고는 소리를 질러 온 가족을 불러 모았다.

"내가 무슨 죄가 많아 저런 애를 낳았을까?"

르픽 부인은 얼른 물 한 양동이를 가져와 마치 불을 끄듯이 벽난로에 쏟아부었다. 그리고 침구를 탈탈 털며 환기가 필요하다고 투덜거렸다.

이어서 홍당무의 코앞에 대고 삿대질을 했다.

"더러운 녀석! 정신이 있니 없니, 응? 짐승처럼 살고 싶어? 하물며 짐승에게도 요강을 주면 사용할 줄 알 거다. 대체 너는 왜 벽난로에다 오줌을 눈 거니? 신은 아실 거야. 이러다간 너 때문에 내가 제 명에 못 죽을 거라는 걸! 내가 미쳐서 죽지! 정말 미칠 것 같아!"

셔츠만 걸친 홍당무는 맨발로 서서 요강을 빤히 바라보았다. 분명히 어젯밤에는 없던 요강이 지금 침대 밑에 있었다. 텅 빈 흰색 요강을 보자 눈앞이 캄캄해졌다. 어젯밤엔 요강이 없었다고 우긴다면 뻔뻔한 놈 취급을 받을 게 뻔했다.

가족들은 모두 침통한 얼굴이었다. 심지어 이웃 사람들도 빙 둘러서서 홍당무를 비웃었다. 그때 막 도착한 집배원 아저씨까지 온갖 질문들을 퍼부으며 들들 볶았다.

참다못한 홍당무가 요강을 바라보며 대답했다.

"정말이에요! 거짓말이 아니라고요. 어떻게 된 일인지 나도 모르겠어요. 다들 마음대로 생각하세요."

제 7 장

토끼들

"홍당무야, 네 몫은 없구나. 너는 나처럼 멜론을 좋아하지 않으니까 괜찮지?"

르픽 부인이 말했다.

'그러시겠죠.'

홍당무가 속으로 중얼거렸다.

가족들은 홍당무가 좋아하는 것과 싫어하는 것을 자기들 마음대로 정했다. 원칙적으로 홍당무는 엄마가 좋아하는 것만 좋아해야 했다.

르픽 부인은 식탁에 치즈가 놓여 있으면 어김없이 이렇게 말했다.

"난 잘 알아. 우리 홍당무는 치즈를 절대로 먹지 않을 거야."

그러면 홍당무는 속으로 생각했다.

'엄마가 저렇게 말씀하시는데 먹겠다고 해 봤자 아무 소용없겠지.'

게다가 엄마의 말을 무시하고 먹으려고 하는 건 매우 위험한 행동이었다. 그래서 홍당무는 혼자만 아는 비밀 장소에서 특이한 방식으로 식욕을 채웠다.

후식을 먹고 나자, 르픽 부인이 홍당무에게 말했다.

"토끼들에게 멜론 껍질을 가져다주렴."

홍당무는 납작한 접시에 담긴 멜론 껍질이 쏟아지지 않도록 반듯하게 들고 조심조심 걸어갔다.

토끼장 문을 열자 토끼들이 귀를 쫑긋 세우고 코를 높이 쳐들며 킁킁거렸다. 앞발까지 든 토끼들의 모습은 흡사 북을 치기 위해 몸을 곧추세운 것 같았다. 토끼들은 서로 밀치며 홍당무 주위에 몰려들었다.

"야, 잠깐 기다려! 나눠 먹자."

홍당무는 토끼 똥과 개쑥갓, 배추속대, 접시꽃 들이 흐드러진 바닥에 퍼질러 앉았다.

토끼들에게 멜론 씨를 털어 주고 자기는 멜론 즙을 쪽쪽 빨아 먹었다. 멜론 즙은 달콤한 포도주처럼 부드럽고 맛있었다.

홍당무는 가족들이 먹다 남긴 멜론 껍질에 남아 있는 노랗고 달콤한 부분을 갉아먹었다. 입안에서 사르르 녹았다. 남은 녹색 껍질은 바닥에 엉덩이를 살짝 붙이고 둥글게 모여 있는 토끼들에게 던져 주었다.

토끼장의 작은 문은 굳게 닫혀 있었다. 토끼장 지붕에 난 구멍으로 오후의 햇살이 새어 들어와 빛줄기를 쏟아부었다.

제 8 장
곡괭이

형 펠릭스와 홍당무는 나란히 서서 일을 하고 있었다. 둘 다 곡괭이를 들고 있었다. 형의 곡괭이는 대장간에서 주문해 쇠로 만든 것이었고, 홍당무의 것은 홍당무가 직접 나무를 깎아 만든 것이었다.

둘은 경쟁이라도 하듯 정원 손질에 열을 올렸다. 그런데 생각지도 못한 순간에(불행은 늘 그런 순간에 오는 법이다.) 형의 곡괭이가 홍당무의 이마 한가운데를 내리찍었다.

잠시 후, 조심스럽게 침대에 옮겨져 누운 사람은 홍당무가 아닌 펠릭스였다. 홍당무의 이마에서 흐르는 피를 본 펠릭스가 그만 기절을 하고 말았던 것이다. 온 가족이 침대 옆에 둘러서서 까치발을 하고서는 걱정스러운 듯 한숨을 내쉬었다.

"소금이 어디 있지?"

"관자놀이를 적셔 주게 시원한 물 좀 가져와."

홍당무는 의자 위에 올라가 가족들의 머리 너머로 형을 보았다. 이마에 감긴 붕대에는 피가 새어 나와 벌써 흥건하게 젖어 있었다.

르픽 씨가 홍당무를 보며 말했다.

"된통 당했구나!"

동생의 상처를 붕대로 감아 준 에르네스틴이 말했다.

"글쎄, 버터에 구멍이 난 것처럼 이마가 푹 들어가 있었어요."

홍당무는 비명을 지르지도 않았다. 그래 봤자 소용없다는 것을 잘 알았으니까.

펠릭스는 한쪽 눈을 뜨더니, 이어서 다른 쪽 눈도 떴다.

피를 보고 겁을 먹은 것뿐이지 별다른 이상은 없었다. 펠릭스의 얼굴에 차츰 핏기가 돌아오자 가족들도 그제서야 마음을 놓았다.

르픽 부인이 홍당무에게 말했다.

"항상 네가 문제야! 제발 조심 좀 해라. 바보 같은 녀석!"

제 9 장
엽 총

르픽 씨가 두 아들에게 말했다.

"이 엽총을 둘이 같이 쓰도록 해라. 사이좋은 형제는 무엇이든 함께 쓰는 법이지."

펠릭스가 대답했다.

"네, 아빠. 번갈아 가면서 쓸게요. 홍당무가 가지고 있다가 가끔 제게 빌려 주면 되죠."

하지만 홍당무는 입을 꾹 다물었다. 형의 말을 믿지 않았기 때문이다.

르픽 씨가 녹색 총집에서 엽총을 꺼내며 물었다.

"누가 먼저 총을 멜래? 아무래도 형이 먼저여야겠지?"

펠릭스 : 제가 양보할게요. 홍당무에게 먼저 메게 하세요!

르픽 씨 : 펠릭스, 오늘 아침에는 아주 의젓하게 구는구나. 내
가 기억해 두마.

르픽 씨는 홍당무의 어깨에 엽총을 걸어 주었다.

르픽 씨 : 얘들아, 싸우지 말고 즐겁게 놀다 오렴.

홍당무 : 개도 데려갈까요?

르픽 씨 : 그럴 필요 없어. 너희 둘이 번갈아 가며 사냥개 역할
을 하면 되지. 게다가 너희 실력이라면 상처를 내는 데 그
치지 않고 단번에 맞혀 죽일 수 있을 거다.

홍당무와 펠릭스는 사냥을 떠났다. 둘 다 평소에 입는 옷을 입
고 있었다. 사냥용 장화를 신고 오지 않은 것을 후회했지만 르
픽 씨는 진짜 사냥꾼이라면 그런 것은 무시해도 상관없다고 말
했다. 또 진정한 사냥꾼은 바지가 바닥에 질질 끌려도 절대 바
짓단을 걷어 올리지 않는다고 했다.

실제로 르픽 씨는 진흙탕이든 논밭이든 신경 쓰지 않고 걸었
다. 진흙이 무릎까지 빠지는 곳을 지나가면 바지에 진흙이 덕지
덕지 붙어서 꼭 장화를 신은 것처럼 보였다. 르픽 씨는 하녀에
게 진흙이 묻은 바지를 조심스럽게 다루라고 지시했다.

펠릭스가 말했다.

"설마 너 빈손으로 돌아갈 생각은 아니겠지?"

홍당무가 대답했다.

"당연하지."

홍당무의 어깨가 넓지 않아 엽총이 자꾸 미끄러졌다. 총을 메고 걷는 게 힘들었다.

"네 소원대로 원 없이 그걸 메고 다니게 될 거야!"

펠릭스의 말에 홍당무가 빈정대듯 말했다.

"역시 형이야."

그때 참새 떼가 날아올랐다. 홍당무가 발걸음을 멈추고 펠릭스에게 움직이지 말라는 신호를 보냈다. 참새 떼는 이 울타리에서 저 울타리로 날아다녔고, 두 사냥꾼은 마치 잠든 참새를 깨우지 않으려는 듯 살금살금 다가갔다. 하지만 참새 떼들은 짹짹거리며 황급히 다른 곳으로 날아갔다.

사냥꾼들도 몸을 일으켰다. 펠릭스는 욕을 퍼부었고, 홍당무는 가슴이 두근거리긴 했지만 조급하지는 않았다. 다만, 실력을 발휘해야 하는 순간이 오는 게 두려웠다. 실수라도 한다면! 오히려 그 순간이 미뤄질수록 마음이 놓였다.

이번에는 참새들이 홍당무를 기다리는 것처럼 가만히 앉아 있었다.

펠릭스 : 지금 쏘면 안 돼. 거리가 너무 멀어.

홍당무 : 그래?

펠릭스 : 그렇다니까! 몸을 숙이고 있으면 잘 몰라. 바로 앞에
있는 것처럼 보여도 실제로는 아주 멀리 떨어져 있어.

펠릭스는 자기 말이 옳다는 것을 보여 주려고 몸을 바로 세웠
다. 그 순간, 인기척에 놀란 참새들이 멀리 날아가 버렸다.

그런데 한 마리가 날아가지 않고 남아 있었다. 참새가 앉은 나
뭇가지가 살짝 흔들렸다. 참새는 꼬리를 위로 쳐들고 머리를 흔
들며 배를 쑥 내밀었다.

홍당무 : 이제 됐어. 저 새는 내가 잡을 수 있어.

펠릭스 : 저리 비켜 봐. 어, 진짜네. 절호의 순간이야! 어서 나
에게 총을 줘.

어느새 형에게 총을 빼앗긴 홍당무는 빈손으로 입을 히죽 벌
린 채 멍하게 서 있었다. 펠릭스가 어깨에 총을 메더니 홍당무
를 대신해 참새를 쏘았다. 참새가 나뭇가지에서 떨어졌다.

마치 뭔가를 순식간에 사라지게 하는 마술 공연 같았다. 방
금 전까지만 해도 홍당무는 가슴에 엽총을 안고 있었다. 그런
데 갑자기 총이 사라졌다가 어느 순간 다시 자신의 품으로 되

돌아왔다.

펠릭스가 동생에게 잽싸게 총을 주고 사냥개 역할까지 하려고 참새를 주우러 뛰어갔다. 펠릭스가 말했다.

"꾸물거리고 있으면 어떡해? 좀 더 서둘러야지."

홍당무 : 좀이 뭐야? 많이 서둘러야지.

펠릭스 : 너, 기분 상했구나!

홍당무 : 그럼 이런 상황에서 노래라도 부를까?

펠릭스 : 참새를 잡았으면 된 거지 뭐가 불만이야? 이놈을 놓
    쳤다고 생각해 봐.

홍당무 : 그건 내가…….

펠릭스 : 누가 잡든 무슨 상관이야? 오늘 내가 참새를 잡았으
    까 내일은 네가 잡으면 되잖아.

홍당무 : 아, 또 내일 타령!

펠릭스 : 진짜 약속할게.

홍당무 : 어련하겠어! 형은 늘 그런 식으로 약속했잖아.

펠릭스 : 이번엔 진심으로 맹세할게. 이제 됐지?

홍당무 : 알았어! 이제 다른 참새를 찾아보자. 이번엔 꼭 내가
    쏠 거야.

펠릭스 : 안 돼, 오늘은 너무 늦었어. 집에 가서 엄마한테 참
    새를 구워 달라고 하자. 이거 너 줄게. 주머니에 넣어. 제

법 통통하지? 참새 부리는 주머니 밖으로 나오게 해.

두 사냥꾼은 집으로 향했다. 도중에 농부를 만났다. 농부가 인사를 하며 농담이랍시고 이렇게 물었다.

"아버지는 어디 계시고 너희 둘이냐? 너희들, 설마 아버지를 죽이고 온 건 아니겠지?"

홍당무는 괜스레 우쭐해져서 형에게 느꼈던 서운함마저 까맣게 잊어버렸다. 기분이 좋아진 홍당무와 펠릭스가 사이좋게 집으로 들어오자 르픽 씨가 몹시 놀라워했다.

"홍당무, 너 아직도 엽총을 메고 있구나! 하루 종일 네가 들고 다닌 거냐?"

"거의 그렇다고 할 수 있죠."

홍당무가 대답했다.

제 10 장

두더지

홍당무는 길에서 굴뚝 청소부처럼 새까만 두더지를 보았다. 두더지를 가지고 놀다가 싫증이 나자 죽이고 싶은 마음이 들었다. 그래서 돌 위에 떨어지도록 두더지를 공중으로 높이 던졌다.

처음에는 계획대로 되었다. 두더지는 머리가 깨지고 척추와 다리가 부러졌다. 이런 상태라면 머지않아 죽을 것 같았다.

그런데 아무리 높이 던져도 두더지는 죽지 않았다. 홍당무는 슬슬 당황하기 시작했다. 지붕보다 높게 두더지를 던져 보아도 아무 소용이 없었다.

"재수 없어! 아직도 살아 있네."

사실 돌 위에 축 늘어져 있을 때 두더지는 이미 죽어 있었다.

그런데 통통한 배가 말랑말랑한 젤리처럼 꿈틀거리는 바람에 살아 있는 것처럼 착각을 일으켰던 것이다.

"제기랄, 정말 끈질기네."

홍당무는 이를 악물며 크게 소리를 질렀다.

두더지를 다시 움켜잡고 욕을 퍼붓더니 방법을 바꾸기로 결심했다.

눈물을 글썽이며 빨갛게 충혈된 눈으로 두더지를 쏘아보더니 침을 뱉고 욕을 했다. 그러고는 가까이에 있는 돌 위로 찍어 내리듯 던져 버렸다. 형체를 알아볼 수 없을 정도로 짓이겨졌는데도 두더지의 배는 여전히 꿈틀대며 움직였다.

홍당무가 열을 내면서 내동댕이칠수록 두더지는 죽지 않으려고 버티며 다시 살아나는 듯이 보였다.

제 11 장
개자리풀

홍당무와 펠릭스는 오후 미사를 마치고 서둘러 집으로 돌아왔다. 네 시에 간식을 먹어야 했기 때문이다. 펠릭스는 빵에 잼이나 버터를 발라 먹었지만 홍당무는 아무것도 바르지 않은 빵을 먹었다.

어른 행세를 하고 싶었던 홍당무는 가족들 앞에서 자기는 맛있는 것만 골라먹는 식탐 많은 어린애가 아니라고 말해 버렸다. 홍당무는 다른 것을 첨가하지 않은 원래 그대로의 맛을 좋아하기 때문에 맨 빵도 맛있게 먹었다.

그날 오후에도 홍당무는 형보다 먼저 빵을 받으려고 더 빨리 걸었다.

가끔 맨 빵이 딱딱하게 굳어 있을 때가 있었다. 그러면 홍당무는 마치 적을 공격하듯 빵을 덥석 잡아 들고 이로 물어뜯거나 머리에 힘껏 내리쳐서 부스러기가 사방으로 흩어지게 했다. 가족들은 홍당무를 신기한 듯 쳐다보았다.

홍당무의 위는 돌멩이나 녹슨 옛날 동전도 소화시킬 만큼 튼튼했다. 한마디로 홍당무는 아무거나 잘 먹는 아이였다.

집에 도착한 홍당무가 문고리를 잡아당겼지만 문은 꿈쩍도 하지 않았다. 홍당무가 말했다.

"엄마 아빠가 집에 안 계신가 봐. 형이 발로 차 봐."

펠릭스는 구시렁거리며 못이 박힌 두꺼운 문에 냅다 발길질을 했다. 문이 한참 동안 흔들리며 덜커덩 소리가 났다. 나중에는 둘이서 힘을 모아 어깨로 문을 밀어 보았지만 별 소용이 없었다.

홍당무 : 아무도 없나 봐.
펠릭스 : 어디 가셨지?
홍당무 : 내가 그걸 어떻게 알겠어! 그냥 여기 앉아 있자.

차가운 계단에 엉덩이를 붙이자 배가 더욱 고팠다. 홍당무와 펠릭스는 하품을 하기도 하고 주먹으로 가슴을 치기도 하면서 배고픔을 달랬다.

펠릭스 : 마냥 기다리고 있어야 하나?

홍당무 : 더 좋은 방법이 없는데, 뭐.

펠릭스 : 그래도 이렇게 기다리다가 굶어 죽기는 싫어. 당장 뭐라도 먹을래. 풀이라도 말이야.

홍당무 : 풀? 그거 괜찮은데. 엄마 아빠가 아시면 깜짝 놀라서 뒤로 나자빠시겠는걸.

펠릭스 : 안 될 게 뭐 있어? 샐러드도 풀이야. 그건 먹잖아. 개자리풀 같은 건 샐러드만큼이나 부드럽다고. 소스를 뿌리지 않고 먹는 것뿐이지.

홍당무 : 그럼, 소스를 섞느라 버무릴 필요도 없겠네.

펠릭스 : 우리 내기할래? 난 개자리풀을 먹을 수 있지만 넌 못 먹을걸?

홍당무 : 형은 먹는데 왜 나는 못 먹는다는 거야?

펠릭스 : 쓸데없는 소리 말고. 내기할 거야, 말 거야?

홍당무 : 그전에 옆집에 가서 빵이랑 요구르트를 좀 얻어 오는 게 어때?

펠릭스 : 난 개자리풀이 더 좋아.

홍당무 : 그래. 그럼 가자!

눈앞에 싱싱한 개자리풀이 먹음직스럽게 펼쳐져 있었다. 풀밭에 들어가자 홍당무와 펠릭스는 기분이 매우 좋았다. 신발을 질질 끌며 부드러운 풀줄기를 밟아 작은 길을 만들었다. 나중에 이 길을 본 사람들은 고개를 갸우뚱거리며 이렇게 말할지도 모른다.

"대체 어떤 짐승이 이리로 지나간 거지?"

서늘한 바람이 바지 사이로 파고들어 종아리가 선뜩했다. 다리의 힘이 점점 풀리기 시작했다. 둘은 풀밭 한가운데에 배를 깔고 쭉 엎드렸다.

"이렇게 있으니까 참 좋다."

펠릭스가 말했다.

풀잎이 얼굴을 간질이자 둘은 크게 웃었다. 꼭 옛날로 돌아간 것 같았다. 어렸을 때 둘이 한 침대에 누워 장난을 치면 옆방에 있던 아빠가 소리치곤 했다.

"자지 않고 뭐해? 이 말썽쟁이들아!"

홍당무와 펠릭스는 배가 고픈 것도 잊은 채 풀밭에 누워 뱃사람처럼, 개처럼, 개구리처럼 헤엄을 치며 즐거워했다. 머리를 쑥 내밀고 팔로 잔잔한 파도를 가르며 발로는 금방 부서질 것 같은 초록빛 물결을 밀어냈다. 한번 부서진 초록빛 물결은 다시 밀려오지 않았다.

"물이 턱까지 찼어."

펠릭스가 말했다.

"내가 얼마나 멀리까지 나가는지 봐."

홍당무가 말했다.

둘은 편안하게 휴식을 취하며 행복을 맛보았다. 홍당무와 펠릭스는 턱을 괴고 누워서 두더지들이 여기저기에 파 놓은 땅굴을 구경했다. 땅속을 파헤친 모양이 마치 노인의 살갗 위로 볼록하게 솟아오른 핏줄 같았다. 보이지 않는 곳까지 멀리 뻗어나간 길도 있고 풀밭 언저리에서 끝나는 길도 있었다. 갑자기 튀어나온 두더지를 발견하기도 했다.

개자리풀의 양분을 빨아 먹고 사는 무시무시한 기생 식물이 가늘고 붉은 수염을 길게 뻗고 있었다. 콜레라처럼 못된 이 식물의 이름은 바로 새삼(속씨식물에 기생하는 잡초. 붉은색의 가는 실처럼 생긴 모양 때문에 '악마의 머리카락'이라는 별칭이 있다.─옮긴이)이었다. 두더지들이 파서 쌓아 올린 흙 둔덕은 인디언 부족의 오두막이 늘어선 작은 마을처럼 보였다.

펠릭스가 말했다.

"이럴 때가 아니야. 얼른 먹자. 내가 먼저 먹을 테니까 내 풀은 건드릴 생각하지 마."

펠릭스가 팔을 동그랗게 벌려 자기 영역을 표시했다.

"난 나머지로도 충분해."

홍당무가 말했다.

홍당무와 펠릭스의 머리가 이내 풀 속으로 사라졌다. 풀 속에 이들이 있을 거라고 누가 상상이나 할 수 있을까?

산들바람이 불어와 가느다란 풀잎을 가볍게 흔들었다. 바람에 뒤집힌 개자리풀의 뒷면이 빛났다. 물결이 출렁이듯 풀밭 전체가 흔들렸다.

펠릭스는 풀을 한 아름 뽑아 그 속에 얼굴을 파묻고 우적거리며 풀을 먹는 척했다. 풀을 입안 가득 넣고 송아지가 풀을 씹는 것처럼 소리를 냈다. 펠릭스는 뿌리까지 모두 먹어 치우는 척 연기를 했다. 펠릭스는 세상 물정을 잘 알고 있었다.

홍당무는 형이 진짜로 먹은 줄 알고 싱싱한 풀을 몇 개 뽑아 코끝에 대 보고는 곧 입에 넣고 천천히 씹기 시작했다. 굳이 서두를 이유는 없었다. 빨리 자리를 비워 주어야 하는 식당에 있는 것도 아니고 북적거리는 장터에 있는 것도 아니었으니까.

홍당무는 풀을 먹으면서 이를 바득바득 갈았다. 혀끝에서 쓴맛이 퍼지면서 속이 메스꺼웠지만 꿀꺽 삼키며 짐짓 맛있는 척을 했다.

제 12 장
잔

홍당무는 이제 식사할 때 포도주를 마시지 않았다. 평소 습관을 단 며칠 만에 바꾸는 바람에 가족들과 친구들은 깜짝 놀랐다. 어느 날 아침, 르픽 부인이 여느 때와 다름없이 홍당무에게 포도주를 따라 주려 하자 홍당무는 단호하게 거절했다.

"됐어요, 엄마. 목마르지 않아요."

저녁 식사 때도 똑같았다.

"괜찮아요, 엄마. 목마르지 않아요."

르픽 부인이 말했다.

"정말 알뜰해졌구나. 덕분에 다른 가족들이 더 많이 마실 수 있겠네."

이렇게 해서 홍당무는 하루 종일 아무것도 마시지 않았다. 그 날은 날씨가 덥지 않아서 목이 그다지 마르지 않았다.

다음 날, 르픽 부인이 식사 준비를 하며 홍당무에게 물었다.

"홍당무, 오늘은 마실 거니?"

"아직 잘 모르겠어요."

"하고 싶은 대로 해. 잔이 필요하면 찬장에서 가지고 와."

홍당무는 끝내 잔을 가지러 가지 않았다. 삐쳤는지, 마시는 걸 아예 잊은 건지, 아니면 직접 잔을 가져오기가 멋쩍었는지 이유는 알 수 없었다.

가족들은 모두 놀랐다.

"대단해. 재주가 또 하나 늘었구나!"

르픽 부인이 말했다.

"아주 희귀한 재주지. 어쩌다 사막에서 낙타 없이 혼자 헤매게 되더라도 문제없겠어!"

르픽 씨도 한마디 던졌다.

펠릭스와 에르네스틴은 홍당무를 두고 내기를 했다.

에르네스틴 : 홍당무는 아무것도 마시지 않고 일주일은 족히 버틸 거야.

펠릭스 : 사흘밖에 못 버틸걸. 이번 주 일요일까지만 버텨도 대단한 거지.

"나는 목이 마르지 않으면 포도주를 절대로 마시지 않을 거야. 토끼나 기니피그를 봐. 물 한 모금 안 마셔도 잘 살잖아?"

형과 누나를 비웃기라도 하듯 홍당무가 웃으며 대답했다.

"네가 기니피그냐?"

펠릭스가 대꾸했다.

자존심이 상한 홍당무는 이번 기회에 얼마든지 할 수 있다는 걸 보여 주기로 결심했다. 르픽 부인은 이제 식사 때 홍당무의 잔을 내놓는 걸 아예 잊어버렸다. 홍당무도 굳이 잔을 달라고 하지 않았다. 비아냥거리는 듯한 칭찬도, 진심 어린 감탄도 무덤덤하게 받아들였다.

어떤 사람은 이렇게 말했다.

"홍당무는 어디가 아프거나 미친 게 분명해."

이런 말을 하는 사람도 있었다.

"몰래 숨어서 마시겠지."

그러나 뭐든 처음에만 신기할 뿐, 홍당무가 목이 마르지 않다는 것을 보여 주려고 일부러 혓바닥을 내미는 횟수가 점점 줄어들었다.

가족들과 이웃들도 더 이상 이 일에 관심이 없었다. 이야기를 들은 다른 마을 사람들만 손을 내저으며 이렇게 말할 뿐이었다.

"말도 안 돼요. 인간이면 누구나 느끼는 욕구를 그렇게까지 참아 낼 사람이 어디 있겠어요!"

홍당무를 진찰한 의사는 드물긴 하지만 불가능한 일은 아니라고 했다.

홍당무도 처음에는 힘들까 봐 걱정했지만 끝까지 참으면 해내지 못할 일이 없다는 것을 깨달았다. 포도주를 그리워하며 고통스러워할 줄 알았지만 생각만큼 불편하지도 않았다. 이상하게도 전보다 더 건강해진 것 같았다.

갈증도 극복을 했는데 그까짓 배고픔쯤이야 이겨 내지 못할까! 마음 같아서는 아무것도 안 먹고 공기만 마셔도 살 수 있을 것 같았다.

홍당무는 자신에게 금속 잔이 있었다는 사실마저 잊어버렸다. 잔이 쓸모없어진 지는 이미 오래였다. 그래서 하녀 오노린은 홍당무의 금속 잔에 촛대를 닦을 때 쓰는 붉은 규조토(금속이나 거울을 깨끗하게 닦을 때 쓰는 암석 가루—옮긴이) 가루를 담아 두기로 마음먹었다.

제 13 장
빵 조각

르픽 씨는 기분이 좋을 때면 아이들과 놀아 주려고 애썼다. 정원의 오솔길에 앉아 옛날이야기를 들려주면 펠릭스와 홍당무는 데굴데굴 구르며 실컷 웃었다.

오늘 아침만 해도 그랬다. 에르네스틴이 식사 시간이라는 말을 전해 줄 때에야 겨우 진정이 되었다.

홍당무는 가족이 모두 모이면 인상을 쓰는 버릇이 있었다.

가족들은 여느 때처럼 허겁지겁 식사를 끝냈다. 만일 식당이었다면 이미 다른 손님에게 자리를 내어 주려고 일어설 때쯤 르픽 부인이 대뜸 이렇게 말했다.

"빵 좀 건네줄래요? 남은 잼을 먹어 치워야겠어요."

대체 누구에게 건넨 말이었을까?

르픽 부인은 보통 직접 가져다 먹거나, 설령 말을 건다 해도 상대는 늘 사냥개 피람이었다. 르픽 부인은 개를 바라보며 채소값이 얼마며, 요즘 물가로 여섯 가족과 개 한 마리를 먹여 살리는 게 얼마나 어려운지를 하소연했다.

"살림을 잘 하려고 내가 얼마나 고생하는지 넌 모를 거야. 너도 다른 남자들처럼 집안일이 식은 죽 먹기마냥 쉬운 일이라고 여기겠지? 버터값과 달걀값이 하루가 다르게 오르는데도 전혀 관심이 없을 테니까."

그러면 피람은 우정 어린 울음소리를 내며 꼬리로 현관 깔개를 탁탁 쳐 댔다.

그런데 지금 르픽 부인이 일종의 사건을 일으킨 셈이었다. 아무도 예상하지 못한 일이었다. 잼을 먹어 치우게 빵을 건네 달라고 르픽 씨에게 직접 말을 걸다니. 그 상대가 정말로 르픽 씨였냐고? 이건 의심할 여지가 없었다.

르픽 부인의 시선이 남편을 향해 있었고, 빵은 르픽 씨 바로 옆에 있었다. 르픽 씨는 처음에 당황해서 주저하다가 이내 손가락 끝으로 접시에서 빵 한 조각을 집었다. 그러고는 굳은 얼굴로 부인에게 빵 조각을 던졌다.

지금 이 상황은 희극일까, 비극일까? 도통 알 길이 없었다.

엄마가 받은 모욕을 함께 느낀 에르네스틴은 긴장한 기색이 역력했다.

펠릭스가 의자 다리를 툭툭 차며 속으로 생각했다.

'오늘은 아빠 기분이 꽤 괜찮았는데……'

홍당무는 입가가 침으로 범벅이 된 채, 구운 감자를 볼이 미어지게 쑤셔 넣고 조용히 앉아 있었다. 귓속에서 웅웅거리는 소리가 들렸다.

르픽 부인이 아들과 딸 앞에서 남편에게 그렇게 무시를 당하고서도 자리를 박차고 나가지 않았더라면 홍당무는 하도 긴장한 나머지 방귀를 뀌고 말았을 것이다.

제 14 장
나 팔

파리에 갔던 르픽 씨가 아침에 집으로 돌아왔다. 가방을 열자 펠릭스와 에르네스틴에게 줄 선물이 쏟아져 나왔다. 둘 다 간밤에 꿈에서 본 바로 그 선물들이었다. (너무 정확하게 맞아서 도리어 웃기다!) 이어 르픽 씨는 등 뒤로 무언가를 감추더니 짓궂은 눈초리로 홍당무를 바라보며 물었다.

"홍당무, 넌 뭘 갖고 싶니? 나팔, 아니면 총?"

사실 홍당무는 보기보다 조심성이 많은 아이였다. 솔직히 나팔이 더 갖고 싶었다. 나팔은 손에서 발사될 일이 없을 테니까. 하지만 또래 남자아이들은 총이나 칼처럼 전쟁놀이를 할 수 있는 장난감을 더 좋아한다는 걸 잘 알고 있었다.

이제 홍당무도 화약 냄새를 맡으며 때려 부수는 놀이를 할 나이였다. 아빠는 당연히 아이들의 마음을 누구보다 잘 알고 있어서 나이에 맞는 선물을 준비했을 거라고 생각했다.

"총을 갖고 싶어요."

홍당무는 자신이 선물을 알아맞혔다고 확신하며 자신 있게 대답했다. 거기에 한마디를 덧붙이기까지 했다.

"숨기실 필요 없어요. 아까 다 봤어요!"

"아, 총이 더 좋다니! 너도 많이 변했구나."

르픽 씨가 놀란 표정을 지으며 말하자 홍당무는 얼른 말을 바꾸었다.

"아니에요. 아빠, 농담이에요. 저는 총 같은 건 정말 싫어요. 어서 나팔을 주세요. 나팔을 불면서 노는 게 얼마나 신 나는 일인지 보여 드릴게요."

르픽 부인 : 그런데 왜 거짓말을 했니? 아빠를 골탕 먹이려고 그런 거냐? 나팔이 좋으면 총이 좋다는 말은 하지 말아야지. 총을 봤다는 건 또 무슨 헛소리야? 넌 총이고 나팔이고 아무것도 없어. 먼저 거짓말하는 버릇부터 고쳐야겠다. 저 나팔 좀 봐라. 빨간색 술이 세 개나 있고, 금색으로 장식한 깃발까지 달려 있구나. 잘 봤지? 다 봤으면 당장 꺼져! 나가서 네 손가락으로 실컷 나팔을 불어 보렴.

결국 홍당무에게 주려고 했던 나팔은 옷장 꼭대기의 하얀 속옷 더미 위로 가게 되었다. 빨간색 술 장식과 금색 깃발에 돌돌 말린 나팔은 홍당무의 손길을 기다렸다. 하지만 손이 닿지도 않고, 잘 보이지도 않는 곳에 놓인 나팔은 조용히 최후의 심판(성경에 등장하는 날로, 그날이 되면 천사들이 나팔을 불고 신이 재림하여 사람들을 심판하여 선한 자와 악한 자를 구분한다.—옮긴이)이 있을 그날을 기다렸다.

제 15 장
머리카락

르픽 부인은 일요일마다 아이들을 꼭 성당에 보냈다. 그날은 모두 깨끗하게 차려입어야 했다. 에르네스틴은 자기가 늦는 한이 있더라도 직접 펠릭스와 홍당무를 멋지게 꾸며 주었다. 넥타이도 직접 골라 주었고 손톱도 다듬어 주었으며 기도서도 챙겨 주었다. 홍당무에게는 언제나 가장 무거운 책이 주어졌다.

에르네스틴은 동생들의 머리카락에 포마드 기름(머리를 특정 모양으로 고정시킬 때 바르는 기름―옮긴이)을 발라 주었다. 그건 에르네스틴이 가장 좋아하는 일이었다.

홍당무는 에르네스틴이 하는 대로 내버려 두었지만, 펠릭스는 자신의 머리에 포마드 기름을 바르는 것을 허락하지 않았다.

에르네스틴은 언제나 속임수를 써야 했다.

"어머나, 이번에도 깜박했네. 일부러 바른 건 아니야. 다음 주부터는 절대로 안 바를게."

그러면서 매주 펠릭스의 머리에 포마드 기름을 발랐다.

"그러다 나한테 맞을 줄 알아."

펠릭스가 말했다.

오늘 아침에도 에르네스틴은 펠릭스가 수건을 목에 두르고 고개를 숙이고 있는 사이에 몰래 포마드 기름을 발랐다. 펠릭스는 전혀 눈치채지 못했다.

에르네스틴이 말했다.

"네 말대로 아무것도 안 발랐으니까 투덜대지 마. 포마드 병 뚜껑이 닫혀 있잖아. 저기 벽난로 위에. 나, 착하지? 하긴 저걸 발라 준다고 나한테 이득 될 게 하나도 없는데. 홍당무처럼 뻣뻣한 머리카락에는 시멘트처럼 강력한 걸 발라야 하지만 네 머리카락에는 굳이 바르지 않아도 돼. 너는 자연스러운 곱슬머리여서 그냥 놔둬도 살짝 부푼 모양이 꼭 양배추 같아. 밤까지 헝클어지지 않고 그대로 있을 거야."

펠릭스가 말했다.

"응, 고마워."

펠릭스는 아무런 의심 없이 자리에서 일어났다. 평소처럼 손으로 머리카락을 만져 보며 확인하지도 않았다.

에르네스틴은 펠릭스의 옷을 입혀 주고 한껏 모양을 내준 뒤에 하얀 장갑을 끼워 주었다.

"다 됐어?"

펠릭스가 물었다.

"왕자처럼 근사해! 이제 모자만 쓰면 되겠어. 옷장에서 가져올래?"

에르네스틴이 말했다.

바로 그 순간 펠릭스는 자신이 속았다는 걸 깨달았다. 곧장 옷장을 지나 찬장으로 뛰어갔다. 물이 가득 든 물병을 집어 들고 침착하게 머리에 물을 쏟아부었다.

"누나, 내가 경고했지? 나한테 장난치지 마. 내가 누나 머리 꼭대기에 있어. 한 번만 더 속이면 포마드 기름 병을 강물에 던져 버릴 테니 각오해."

펠릭스가 씩씩거리며 말했다.

어느새 펠릭스의 머리카락은 물에 젖어 납작하게 가라앉았고, 옷에서는 물이 뚝뚝 떨어졌다. 옷을 갈아입든지 아니면 햇볕에 말려야 했다. 펠릭스는 어느 쪽이든 신경 쓰지 않았다.

'형은 정말 대단해. 아무것도 무서워하지 않는다니까. 내가 형처럼 굴었다면 모두 날 비웃었겠지? 그래, 나는 그냥 포마드 기름을 발라도 싫지 않은 척하는 게 낫겠어.'

홍당무는 형의 행동에 감탄하며 속으로 중얼거렸다.

홍당무가 아무리 고분고분하게 굴려고 해도 머리카락은 반항을 했다.

　포마드 기름을 잔뜩 발라 놓은 홍당무의 머리카락은 한동안 죽은 척 머리에 착 달라붙어 있었다. 하지만 이내 살아나 머리카락 한두 개가 위로 솟구치며 알 수 없는 힘에 이끌린 듯 여러 갈래로 쫙쫙 갈라지기 시작했다.

　그 모습은 얼었다 녹은 초가지붕의 짚이 부스스하게 삐져나오는 꼴과 다를 바 없었다. 이윽고 머리카락 한 줌이 제멋대로 일어나 삐죽 솟아올랐다. 자유! 자유를 외치며!

제 16 장
물놀이

시계가 네 시를 알리기 직전이었다. 홍당무는 한껏 들떠서 정원의 개암나무 밑에서 낮잠을 자고 있는 르픽 씨와 펠릭스를 깨웠다.

"이제 가요!"

홍당무가 말했다.

펠릭스 : 알았어! 내 수영복을 가져와.

르픽 씨 : 아직은 더울 텐데.

펠릭스 : 더울 때 하는 게 최고예요.

홍당무 : 아빠도 여기보다 물가 풀밭에 누워 계시는 게 더 좋

으실 거예요.

르픽 씨 : 그래, 앞장서거라. 천천히 가렴. 괜히 더위 먹으면
큰일이니까.

홍당무는 최대한 천천히 걸으려고 애썼다. 하지만 빨리 걷고
싶은 나머지 발가락이 근질거릴 지경이었다. 홍당무는 장식 없
는 수수한 수영복을, 펠릭스는 빨간색과 파란색이 섞여 눈에 확
띄는 수영복을 어깨에 걸치고 있었다.

홍당무는 신이 나서 쉬지 않고 중얼거리고, 노래를 부르고, 늘
어진 나뭇가지 위를 펄쩍 뛰어넘었다. 두 팔을 벌리고 허공에서
헤엄치는 동작을 하며 펠릭스에게 이렇게 말했다.

"정말 재미있겠지? 신 나게 놀아야지!"

펠릭스는 홍당무를 깔보듯 눈을 내리깔며 말했다.

"까불지 마!"

홍당무는 재빨리 입을 다물었다.

야트막한 돌담을 가볍게 뛰어넘자 드디어 강이 눈앞에 나타
났다. 홍당무의 얼굴에 슬며시 미소가 어렸다.

매혹적인 물 위에서 햇빛이 반짝거렸다.

물살은 가볍게 찰랑거렸고 비릿한 물비린내가 약간 풍겼다.

르픽 씨가 시계를 보며 분을 쟀고, 두 아들은 정해진 시간 동
안 물속에 들어가야 했다. 홍당무는 몸을 부르르 떨었다. 용기를

내려고 했지만 막상 물에 들어가려 하자 겁이 더럭 났다. 멀리서는 그토록 매력적으로 보였건만 막상 그 앞에 서자 두려움이 앞섰다.

홍당무는 한쪽 구석으로 가서 옷을 벗었다. 삐쩍 마른 몸과 새까만 발을 감추고 싶은 마음도 있었지만, 그보다는 무서워서 떠는 모습을 들키고 싶지 않았다.

홍당무는 옷을 벗어 풀밭에 차곡차곡 개어 놓았다. 단단히 묶인 신발 끈을 몇 번이나 풀었다가 다시 묶었다.

홍당무는 수영복 바지를 입은 다음 반팔 셔츠를 벗으려고 했다. 하지만 땀에 절은 셔츠가 포장지에 끈적하게 눌어붙은 사과맛 사탕처럼 등짝에 들러붙어서 잘 벗겨지지 않았다. 그래서 잠시 기다리기로 했다.

펠릭스는 강을 혼자서 차지한 채 수영을 하고 있었다. 두 팔을 휘저으며 물장구를 쳐서 물거품을 일으켰다. 또 강 한가운데로 풍덩 뛰어들어서 파문을 일으킨 다음 기슭 쪽으로 밀어내기도 했다.

"홍당무, 넌 안 들어가니?"

르픽 씨가 묻자 홍당무가 대답했다.

"땀을 말리고 있어요."

잠시 후 홍당무는 마음을 다잡고 강가에 앉았다. 끈을 너무 세게 조인 탓에 찌부러진 발가락을 물에 살짝 담갔다. 그리고 아직도 소화가 덜 된 배를 손으로 쓱쓱 문질렀다.

홍당무는 나무뿌리를 따라 물속으로 미끄러지듯 들어갔다. 종아리에서 허벅지, 엉덩이까지 죄다 나무뿌리에 긁혔다. 배까지 물에 잠기자 홍당무는 강가로 나오려고 바동거렸다. 축축한 끈에 감긴 팽이처럼 온몸이 물결에 죄어드는 느낌이었다. 갑자기 발밑의 흙더미가 스르르 무너져 내렸다. 그 바람에 물속으로 쑥 빠져 들어간 홍당무는 한참을 허우적거리다가 간신히 물 밖으로 나왔다.

홍당무는 연방 기침을 하며 침을 뱉고 물을 토해 냈다. 질식할 것만 같았다. 눈앞이 캄캄해지면서 정신이 하나도 없었다.

"우리 아들, 잠수도 제법 잘 하는데!"

르픽 씨가 말했다.

"네, 썩 좋아하지는 않지만요. 귀에 물이 들어가서 조금 있으면 머리가 지끈지끈 아플 거예요."

홍당무가 대답했다.

홍당무는 수영 연습을 할 만한 장소를 찾아냈다. 모랫바닥 위를 무릎으로 기어 다니며 팔만 휘저으면 되는 곳이었다.

"너무 서두르지 마라. 주먹을 꼭 쥐고 헤엄을 치면 안 돼. 머리카락을 쥐어뜯을 자세로구나. 다리를 같이 움직여야지. 다리를 움직이라고."

르픽 씨가 홍당무에게 조언을 해 주었다.

"다리를 쓰지 않고 헤엄치는 게 더 어려운 거예요."

홍당무가 변명하듯 대답했다.

펠릭스는 홍당무가 한쪽에서 수영 연습하는 꼴을 가만히 두고 보지 못했다. 자꾸 와서 훼방을 놓는 바람에 도무지 수영 연습을 할 수가 없었다.

"홍당무, 이리 와. 여기가 더 깊어. 발이 땅에 닿지도 않아. 잘봐! 나 보이지? 이제 곧 보이지 않게 될 거야. 넌 저기 버드나무쪽에 서 있어. 움직이지 말고. 내가 팔을 열 번만 휘저으면 거기까지 갈 수 있어."

"내가 숫자를 셀게."

홍당무가 물속에서 몸을 덜덜 떨며 말했다. 물 밖으로 어깨만 내놓은 채 자기가 정말로 경계를 표시하는 돌인 것마냥 꼼짝도 하지 않았다.

한참 뒤, 홍당무가 헤엄을 치려고 몸을 웅크렸다. 바로 그때 펠릭스가 홍당무의 등 위로 올라타더니 머리를 물속에 집어넣었다.

"이제 네 차례야. 잠수하고 싶으면 내 등에 올라타!"

"혼자 연습하게 제발 내버려 둬."

홍당무가 언성을 높였다.

"자, 이제 그만하고 나와! 이리 와서 럼주 한 모금씩 마셔라."

르픽 씨가 소리쳤다.

"벌써요?"

홍당무가 말했다.

홍당무는 물 밖으로 나가고 싶지 않았다. 아직 헤엄도 제대로 못 쳐 봤는데! 막상 나가려고 하니 물이 더 이상 무섭지 않았다. 조금 전까지만 해도 납덩이처럼 무겁던 몸이 깃털처럼 가볍게 느껴졌다. 물에 빠진 사람이 있다면 위험을 무릅쓰고서라도 구해 줄 수 있을 것 같았다. 심지어 깊은 물에 빠져 보고 싶기까지 했다. 그래서 그 사람의 고통을 대신 느껴 보고 싶은 심정이었다.

"빨리 나와! 펠릭스가 네 것까지 다 마시겠다."

르픽 씨가 다시 소리쳤다.

홍당무는 럼주를 별로 좋아하지 않았지만 일부러 이렇게 대답했다.

"제 걸 빼앗길 순 없죠."

결국 홍당무는 늙은 병사처럼 럼주를 단숨에 들이켰다.

르픽 씨 : 깨끗하게 씻지를 않았구나. 발목에 때가 그대로 남아 있어.

홍당무 : 아빠, 이건 진흙이에요.

르픽 씨 : 아니다, 때야.

홍당무 : 그럼 다시 들어갔다 올까요?

르픽 씨 : 내일 씻어. 어차피 다시 올 거니까.

홍당무 : 신 난다! 내일도 날씨가 좋아야 할 텐데.

홍당무는 손가락으로 수건을 집어 몸을 닦았다. 펠릭스가 쓰고 난 후라 젖지 않은 부분을 골라서 써야 했다. 홍당무는 머리가 무겁고 목이 따끔거렸다. 하지만 펠릭스와 르픽 씨가 퉁퉁 불은 자신의 발가락을 보며 우스운 농담을 하자 그만 웃음을 터트리고 말았다.

제 17 장
하녀 오노린

르픽 부인 : 오노린, 이제 나이가 어떻게 되죠?

오노린 : 이번 만성절(11월 1일로 성인을 기리는 가톨릭교의 축
일―옮긴이)이 지나면 예순일곱이에요, 마님.

르픽 부인 : 어머, 나이가 그렇게 많아요?

오노린 : 그래도 일하는 데는 전혀 문제가 없어요. 지금까지
병치레 한번 한 적 없고요. 일하는 걸로 치면 말보다 훨씬
낫죠.

르픽 부인 : 그래도 한마디는 해야겠네요. 오노린이 어느 날
갑자기 세상을 떠날 수도 있잖아요. 강가에서 빨래를 하
고 돌아오다가 빨래 바구니가 전과 달리 무겁게 느껴지는

때가 올지도 모르죠. 또 손수레를 미는 일이 힘에 부치겠지요. 수레를 밀다가 수레 손잡이 사이에 엎어져 젖은 빨래 위에 코를 박고 쓰러질 수도 있어요! 사람들이 달려와 당신을 일으켰을 때는 이미 저세상으로 간 뒤일 수도 있고요.

오노린 : 마님, 농담하시는 거죠? 걱정 마세요. 아직 제 팔다리는 꽤 쓸 만해요.

르픽 부인 : 벌써 등이 조금 굽었는데요, 뭘. 하긴 등이 굽으면 빨래할 때 허리가 덜 아플 수도 있겠네요. 문제는 시력이에요. 얼마 전부터 확실히 다르던걸요. 아니라는 말은 하지 말아요, 오노린!

오노린 : 어머나! 마님, 전 갓 시집왔을 때만큼이나 잘 볼 수 있어요.

르픽 부인 : 그러세요? 그럼, 찬장을 열고 아무 접시나 하나만 꺼내 와 봐요. 당신이 설거지를 잘 했다면 얼룩이 왜 있겠어요?

오노린 : 찬장에 습기가 차서 그래요.

르픽 부인 : 그럼, 찬장 안에 접시 위를 돌아다니는 손가락도 있나 보죠? 여기 손자국 좀 보세요.

오노린 : 어디요? 제 눈엔 아무것도 안 보이는데요.

르픽 부인 : 이러니까 쓴소리를 하는 거예요, 오노린. 내 말 잘

들어요. 오노린이 게으름을 피운다는 게 아니에요. 그렇게 말한다면 내가 나쁜 거겠죠. 이 마을에서 오노린만큼 열심히 일하는 하녀는 없을 거예요. 난 단지 오노린이 나이가 들었다는 걸 말하려는 거예요. 나도 늙어 가고 있어요. 우리 모두 늙기 마련이죠. 성실한 마음만 가지고는 충분하지 않은 날이 오고 말 거예요. 당신도 분명 눈에 뭐가 낀 것처럼 침침한 느낌을 여러 번 받았을 거예요. 눈을 아무리 비벼도 사라지지 않고 뿌옇게 보이는 거죠.

오노린 : 하지만 저는 눈을 항상 크게 뜨고 잘 보려고 한답니다. 물이 가득 든 양동이 속에 머리를 넣을 때처럼 눈앞이 흐릿했던 적은 없어요.

르픽 부인 : 그럴 리 없어요, 오노린. 내 말을 믿어요. 어제만 해도 주인 양반한테 더러운 컵을 주었잖아요. 난 아무 말도 하지 않았어요. 괜히 소란을 피워서 당신을 언짢게 하고 싶지 않았으니까요. 그이도 아무 말 안 했어요. 원래 말을 잘 안 하는 편이긴 해도 문제가 있을 땐 꼭 짚고 넘어가는 사람이에요. 그이를 잘 모르는 사람들은 무심한 성격인 줄 알지만, 천만의 말씀이에요! 뭐든지 꼼꼼하게 살피고 나서 꼭 기억해 두는 양반이죠. 어제도 손가락으로 컵을 밀어내더니 점심 내내 아무것도 마시지 않더군요. 그래서 내가 얼마나 곤란했는지 몰라요.

오노린 : 저런! 주인어른께서 저 같은 하녀를 어려워하시다니요! 한마디만 하셨으면 당장 다른 컵으로 바꿔 드렸을 텐데.

르픽 부인 : 그랬겠죠. 하지만 말을 하지 않고 살기로 작정한 사람 같으니, 오노린이 아니라 그 누구라도 억지로 입을 열게 할 수는 없어요. 나도 포기한 지 오래인걸요. 문제는 그게 아니에요. 내 말의 요지는 당신의 눈이 점점 나빠지고 있다는 거예요. 빨래 같이 단순한 일이야 별 문제가 없겠지만, 바느질처럼 섬세한 일은 이제 할 수 없을 거예요. 돈이 더 들더라도 오노린을 도와줄 다른 하녀를 구하려고 해요.

오노린 : 마님, 저는 집안일을 다른 여자랑 나눠서 하고 싶지 않아요.

르픽 부인 : 그럼 어떻게 할까요? 내가 어떻게 했으면 좋겠는지 솔직하게 말해 보세요.

오노린 : 제 목숨이 붙어 있는 한 혼자서 잘 할 수 있어요.

르픽 부인 : 죽을 때까지요? 그런 생각까지 한단 말이에요, 오노린? 오노린이 우리보다 더 오래 살지도 모르죠. 나도 그러기를 바라고요. 하지만 당신이 우리보다 먼저 죽을 수도 있다는 생각은 안 해 봤나요?

오노린 : 접시를 제대로 닦지 못했다고 절 해고하시려는 건

아니죠? 마님이 절 문밖으로 내쫓기 전까지는 이 집에서 절대 나가지 않을 거예요. 만약 제가 이 집에서 쫓겨난다면 죽을 수밖에 없다고요.

르픽 부인 : 누가 오노린을 내쫓는대요? 얼굴까지 새빨개졌네요. 그냥 허심탄회하게 얘기해 보자는 거예요. 그런데 갑자기 화를 내면서 말도 안 되는 소리를 하면 어떡해요?

오노린 : 그러면 저보고 어쩌란 말인가요?

르픽 부인 : 그럼 나는요? 오노린의 눈이 나빠진 건 당신 잘못도, 내 잘못도 아니에요. 의사에게 치료를 받아 나아지면 좋겠네요. 그럴 수 있을 거예요. 하지만 그때까지 오노린과 나, 둘 중에 누가 더 난처하겠어요? 당신은 자기 눈이 나빠지는 것조차 모르고 있잖아요. 덕분에 살림이 엉망이 되었고요. 나는 사고가 일어나기 전에 당신을 도와주고 싶은 것뿐이에요. 게다가 나는 당신에게 충고해 줄 권리도 있으니까요.

오노린 : 얼마든지 그러실 수 있죠, 마님. 편하게 말씀하세요. 저는 마님이 절 내쫓고 싶어 하시는 줄 알았어요. 그렇게 말씀해 주시니 마음이 놓이네요. 이제 걱정 마세요. 앞으로 접시를 닦을 때 더 신경 쓰도록 할게요.

르픽 부인 : 내가 뭘 더 바라겠어요? 오노린, 나는 소문보다 훨씬 좋은 사람이에요. 오노린이 일만 잘 하면 언제까지나

데리고 있을 거예요.

오노린 : 그런 거라면 더 이상 아무 말씀 안 하셔도 돼요. 아직까지는 저도 꽤 쓸모 있었잖아요. 지금 저를 내쫓으시면 부당하다고 항의하려고 했어요. 나중에 제가 기력이 다해서 솥에 물도 끓일 수 없을 정도가 되면, 마님께 짐이 되지 않도록 제 발로 나가겠어요. 누가 쫓아내기 전에 알아서 떠날게요.

르픽 부인 : 오노린, 이 집에서 나가더라도 언제든 찾아오면 당신에게 수프를 줄 수 있다는 걸 잊지 말아요.

오노린 : 아니에요, 마님. 수프까지 주실 필요 없어요. 빵만으로도 충분해요. 마이트 할머니는 빵 조각만 드시는데도 아직도 정정하시잖아요.

르픽 부인 : 그 할머니 연세가 백 살이 넘는 건 알죠? 오노린, 그거 알아요? 거지들이 우리 같은 사람보다 훨씬 더 행복하답니다. 내가 하는 말이니 틀림없어요.

오노린 : 마님이 하신 말씀이니 당연히 틀림없겠죠.

제 18 장

솥

홍당무가 가족들에게 도움을 줄 수 있는 기회는 여간해서 생기지 않았다. 그래도 홍당무는 집 안 구석에 웅크리고 앉아 틈틈이 기회가 오기를 기다렸다. 가족들이 하는 이야기에 귀를 기울이고 있다가 기회가 오면 언제든지 어둠 속에서 뛰쳐나갈 채비를 했다. 똑 부러지게 결정을 내리지 못하고 갈등하는 사람들 사이에서 자신은 유일하게 정신이 제대로 박힌 사람이라 믿으면서 어떤 문제든 자신의 힘으로 해결하려고 노력했다.

그러던 차에 홍당무는 르픽 부인이 똑똑하고 결단력 있는 사람을 곁에 두고 싶어 한다는 걸 눈치챘다. 물론 자존심이 세서 겉으로 티를 내지는 않았지만 홍당무는 르픽 부인의 바람을 이루기 위해서는 자신이 나서야 한다고 생각했다. 물론, 아무도 모르게 진행되어야 했다. 어떤 격려나 보상도 바라지 않고 혼자서 은밀히 행동으로 옮겨야 하는 것이었다.

홍당무는 자신의 판단을 밀고 나가기로 결심했다.

솥은 아침부터 저녁까지 벽난로 속에 있는 갈고리에 걸려 있었다. 뜨거운 물이 많이 필요한 겨울에는 솥에 끓인 물이 금방 비워졌다가 다시 채워졌다. 불 위에 올려놓은 솥에서는 늘 뜨거운 물이 부글부글 끓었다.

여름에는 식사 후에 설거지를 할 때만 뜨거운 물을 썼다. 그 외의 시간에는 장작 두 개를 지펴서 솥에다 물을 데웠다. 솥 바닥에는 살짝 금이 가 있었는데, 물이 끓기 시작하면 휘파람 비슷한 소리가 났다.

휘파람 소리가 나지 않으면 오노린이 벽난로 앞에서 몸을 구부리고 귀를 기울이며 말했다.

"물이 다 좋았네."

오노린은 물 한 바가지를 떠서 솥에 붓고 재를 뒤적여 장작 두 개를 겹쳐 놓았다. 그러면 솥에서 다시 은은한 노랫소리가 들려왔다. 오노린은 그제야 안심을 하며 다른 일을 하러 갔다.

사람들이 오노린에게 이렇게 물어볼 수도 있었다.

"오노린, 쓰지도 않을 물을 뭐하러 자꾸 데워요? 솥을 내려놓고 불을 끄세요. 장작은 거저 생기는 줄 아세요? 장작이 없어서 추위에 떨고 있는 가난뱅이들이 얼마나 많은데요. 평소에는 그렇게 알뜰하면서 왜 그래요?"

그러면 오노린은 고개를 저을 것이다.

오노린은 늘 갈고리에 솥이 걸려 있는 것을 보며 살아왔다.

비가 오나 바람이 부나, 해가 쨍쨍 내리쬐나, 솥에서 물이 끓는 소리를 항상 들어왔기 때문에 물이 바닥나면 당연하다는 듯이 새로 부었다.

이제는 솥을 들여다볼 필요도 없었다. 눈으로 굳이 보지 않아도 소리만으로 충분히 짐작할 수 있기 때문이었다. 갑자기 조용해지면 기다렸다는 듯 물을 떠서 냄비에 부었다. 실에 진주를 꿰는 것처럼 같은 동작을 반복하는 것에 너무나 익숙해져서 한번도 거르는 법이 없었다.

그런데 오늘, 오노린이 처음으로 실수를 저질렀다.

냄비에 부으려고 했던 물이 장작불 위로 떨어지는 바람에 검은 연기가 나면서 재가 사방으로 날렸다. 마치 화가 난 짐승이 오노린을 향해 덮치는 것 같았다. 오노린은 재를 온통 뒤집어썼다. 숨이 막혔고 온몸이 화끈거렸다. 오노린은 비명을 지르며 뒷걸음질을 쳤다. 그리고 연신 기침을 해 댔다.

"십년감수했네! 땅속에서 악마가 나오는 줄 알았어."

오노린은 눈이 따가워서 제대로 뜨지도 못한 채 재투성이가 된 손으로 시커먼 벽난로를 더듬었다.

"이런! 솥이 사라져 버렸잖아."

오노린은 깜짝 놀라 소리쳤다.

"어떻게 이럴 수가 있지? 이상하네. 조금 전까지만 해도 분명히 여기 있었어. 휘파람 소리를 똑똑히 들었는데……."

오노린이 앞치마에 모아 놓은 야채 껍질을 버리려고 등을 돌린 사이에 누군가가 솥을 가져간 게 틀림없었다.

대체 누가 그런 짓을 했을까?

그때 르픽 부인이 침실에서 나와 모습을 나타냈다. 차분하지만 굳은 표정이었다.

"왜 이렇게 소란스럽죠, 오노린?"

"소란스럽다니요! 하마터면 큰일 날 뻔했어요! 제 몸이 홀랑타 버릴 뻔했다고요. 마님, 제 신발 좀 보세요. 치마랑 손도요. 속치마에도 재가 튀었어요. 숯덩이가 주머니 속에 한가득 들어갔단 말이에요."

오노린이 흥분한 목소리로 말했다.

르픽 부인 : 이제 보니 벽난로 안에 물웅덩이가 흥건하게 생겼네요. 오노린, 우선 거기부터 좀 치워요.

오노린 : 왜 저한테 말도 안 하고 제 솥을 가져가셨어요? 솥을 가져갈 사람은 마님밖에 없잖아요.

르픽 부인 : 그 솥은 당신 것이 아니라 이 집에 사는 모든 사람이 쓰는 거예요. 나나 주인 양반이나 아이들이 쓰고 싶으면 당신에게 허락을 받고 가져가야 한단 뜻이에요?

오노린 : 제가 그만 화가 나서 말실수를 했네요.

르픽 부인 : 오노린, 우리한테 화가 난 건가요? 아니면 자기 자신한테 화가 난 거예요? 어느 쪽이에요? 이번에는 꼭 짚고 넘어가야 할 것 같군요. 솥이 없어졌어도 그렇지 장작불 위에 물을 붓다니. 그러고도 잘못을 인정하기는커녕 애꿎은 사람을 탓하다니. 내가 가져갔냐고요? 지금 내 탓을 하는 거예요? 정말 기가 막혀서!

오노린 : 홍당무 도련님, 혹시 솥이 어디 있는지 아세요?

르픽 부인 : 저 애가 어떻게 알아요? 아무 잘못도 없는 홍당무를 왜 귀찮게 해요? 솥은 이제 그만 잊어버려요. 그보다 어제 한 말은 기억하죠? 솥에 물도 끓일 수 없으면 누가 내쫓기 전에 스스로 나간다고 했잖아요. 오노린의 눈이 많이 나빠진 건 알지만 이 정도로 심각한 줄 몰랐어요. 더 이상 얘기하고 싶지 않네요. 오노린, 내 입장에서 생각해 봐요. 오노린 스스로도 지금 얼마나 심각한 상황인지 잘 알잖아요. 신중하게 생각해 보고 결정하세요! 나 신경 쓰지 말고, 울고 싶으면 마음껏 울어요. 충분히 울 만한 상황이니까 그래도 돼요.

제 19 장

망설임

"엄마! 오노린!"

홍당무는 지금 이런 상황에서 무슨 말을 하려는 걸까? 홍당무가 이제 와서 모든 걸 망쳐 버릴지도 몰랐다. 다행히 르픽 부인의 차가운 시선과 마주치자 입을 꼭 다물어 버렸다.

이제 와서 홍당무가 "내가 그랬어요, 오노린!"이라고 말해 봤자 무슨 소용이 있을까!

오노린을 구할 수 있는 방법은 아무것도 없었다. 시력이 나빠져서 앞이 잘 보이지 않는 오노린에게는 안된 일이지만 어차피 조만간 일을 그만두어야 했다. 홍당무의 자백은 오노린을 더 힘들게 할 뿐이었다. 어차피 이 집을 떠날 거라면 굳이 홍당무를 원망하게 하는 것보다 묵묵히 받아들여야 할 운명이라고 믿게 하는 편이 더 나았다.

홍당무가 "내가 그랬어요, 엄마!"라고 말해 봤자 이 또한 무슨 소용이 있을까?

칭찬을 받을 만한 행동을 했다고 해서 르픽 부인이 홍당무에게 사랑스러운 미소를 지어 줄 리 없었다. 오히려 혼날 수도 있었다. 르픽 부인이 괜히 다른 사람들 앞에서 홍당무가 한 일을 거들먹거리며 비난할 수도 있었다. 그러니 솥 문제에 끼어들지 말고, 엄마와 오노린을 도와 솥을 찾는 척 연기하는 편이 훨씬 나았다.

세 사람은 일단 없어진 솥을 찾기로 했다. 가장 열심히 찾는 사람은 당연히 홍당무였다. 르픽 부인은 별 관심도 없이 대충 찾다가 결국 가장 먼저 포기해 버렸다.

결국 오노린도 체념을 하고 투덜대며 집을 떠났다. 홍당무는 진실을 밝히지 않은 것에 양심의 가책을 느꼈지만 이내 정신을 차렸다. 쓸모없는 정의의 칼은 조용히 칼집에 집어 넣는 게 상책이었다.

제 20 장

새로운 하녀 아가트

오노린의 빈자리는 그녀의 손녀인 아가트가 대신했다.

홍당무는 새로 들어온 소녀를 호기심 어린 눈으로 지켜보았다. 며칠 동안 가족들의 관심이 홍당무에서 아가트로 옮겨갔다.

"아가트, 방에 들어오기 전에는 꼭 노크를 하렴. 그렇다고 문을 부술 정도로 쾅쾅 치라는 말은 아니고."

르픽 부인이 말했다.

'드디어 시작이군. 오늘 점심때는 어떤 일이 벌어질지 두고 봐야지.'

홍당무는 속으로 생각했다.

가족들은 넓은 부엌에서 식사를 했다. 아가트는 팔에 냅킨을 걸친 채 불 앞에서 찬장으로, 찬장에서 식탁으로 분주히 돌아다녔다.

아가트는 조용히 걷는 법이 없었다. 두 뺨이 빨개질 정도로 정신없이 뛰어다녔다. 게다가 말은 무척 빨랐고, 웃음소리는 방정맞을 정도로 컸으며, 일을 잘 하려고 정말로 애썼다.

르픽 씨가 가장 먼저 식탁 앞에 자리를 잡고 앉아 냅킨을 폈다. 그러고 나서 자신의 개인 접시를 요리 그릇 쪽으로 내밀어 고기를 덜고 소스를 뿌린 다음 다시 가져갔다.

르픽 씨는 포도주도 직접 따랐다. 등을 구부리고 눈을 낮게 내리깐 채 늘 그렇듯 무표정한 얼굴로 말없이 식사를 했다. 새로운 요리가 나오면 의자에 딱 붙어 있던 엉덩이를 살짝 들고 몸을 굽혀 음식을 덜었다.

르픽 부인은 아이들이 먹을 음식을 일일이 덜어 주었다. 펠릭스가 맨 먼저였다. 펠릭스의 배에서 가족들 귀에 모두 들릴 정도로 꼬르륵 소리가 났기 때문이다. 다음은 에르네스틴 차례였다. 마지막으로 식탁 맨 끝에 앉아 있는 홍당무가 자기 몫의 음식을 받았다.

홍당무는 음식을 더 달라고 조른 적이 없었다. 마치 금지 조항이라도 있는 것마냥 철저하게 나름의 규칙을 지켰다. 한 번 받은 몫으로 충분한 척했다. 주는 대로 먹고 아무것도 마시지 않았다. 홍당무는 좋아하지도 않는 밥을 억지로 먹으며 배를 채웠다. 가족들 중에서 유일하게 밥을 좋아하는 르픽 부인에게 잘 보이기 위해서였다.

반면에 펠릭스와 에르네스틴은 더 먹고 싶을 때는 아무 거리낌 없이 행동했다. 둘은 르픽 씨처럼 각자의 접시를 요리 접시 옆에 갖다 대고 음식을 담았다.

식사 중에는 아무도 입을 열지 않았다.

'왜 저러지?'

아가트는 속으로 생각했다.

딱히 무슨 문제가 있는 게 아니라 이 가족들은 원래 그랬다.

아가트는 결국 앞에 사람들이 있는데도 참지 못하고 기지개를 켜며 하품을 해 댔다.

르픽 씨는 잘게 쪼갠 유리 조각을 씹듯 아주 천천히 음식을 먹었다. 르픽 부인은 평소에 촉새보다 더 시끄럽게 조잘거리는 편이었지만, 식사 시간만큼은 손짓이나 고갯짓으로만 의사 표시를 했다.

에르네스틴은 주로 천장을 쳐다보며 음식을 먹었다. 펠릭스는 빵 조각으로 장난을 쳤다. 잔이 없는 홍당무는 먹보처럼 너무 빨리 먹지도, 굼벵이처럼 너무 늦게 먹지도 않으려고 노력했다. 가족들과 식사 시간을 맞추는 데 온통 신경을 곤두세우고 복잡한 계산에 빠져 있었다.

갑자기 르픽 씨가 물병을 들고 자리에서 일어났다.

"제가 할게요."

아가트는 이렇게 말하려고 했다.

하지만 생각만 했을 뿐 실천으로 옮기지는 못했다. 무거운 분위기에 짓눌려 혀가 굳은 나머지 입에서 아무 말도 새어 나오지 못했기 때문이다. 그러나 곧 자기가 실수했다는 것을 알아차리고 바짝 신경을 곤두세웠다.

르픽 씨가 빵을 거의 다 먹어 가고 있었다. 아가트는 이번에는 절대로 실수해서는 안 된다고 생각했다. 하지만 르픽 씨에게만 온 신경을 집중하는 바람에 다른 가족들을 챙기는 일을 잊고 말았다.

르픽 부인이 날카로운 목소리로 경고했다.

"아가트, 그렇게 서 있다간 몸에서 나뭇가지가 나오겠구나."

"아, 마님."

아가트는 르픽 씨에게서 눈을 떼지 않으면서 바쁘게 움직였다. 주인어른에게 각별한 신경을 쓰고 있다는 것을 인정받고 싶었기 때문이다.

드디어 때가 왔다.

르픽 씨가 마지막 남은 빵 조각을 입에 물자, 아가트는 후닥닥 찬장으로 뛰어갔다. 잠시 후, 오 파운드(약 2.3킬로그램—옮긴이)나 되는 커다란 빵 덩어리를 미처 썰지도 못한 채 가져와 르픽 씨에게 불쑥 내밀었다. 주인어른의 마음을 읽었다는 생각에 너무나 기뻐 가슴이 벅차올랐다.

그런데 르픽 씨가 냅킨을 식탁에 내려놓고 자리에서 일어서더니, 모자를 눌러쓰고 담배를 피우러 정원으로 나가 버렸다.

르픽 씨는 일단 식사를 마치고 나면 더 먹는 법이 없었다.

아가트는 오 파운드나 되는 둥그런 빵을 가슴에 안은 채 멍하니 서 있었다. 광고 전단지 속에서 인명 구조 대원이 구명 튜브를 들고 있는 모습과 흡사했다.

제 21 장

일과표

홍당무는 아가트와 단둘이 남게 되자 이렇게 말했다.

"실망하지 마. 늘 있는 일이니까. 그런데 포도주 병을 들고 어 딜 가는 거야?"

"지하실에 가요, 홍당무 도련님."

홍당무 : 잠깐, 지하실에 가는 건 내 일이야. 계단이 너무 낡 아서 여자들이 가면 미끄러져 다칠 수가 있거든. 내가 계 단을 오르내릴 수 있게 된 뒤로는 지하실 가는 일은 내 몫 이 되었지. 게다가 나는 병에 붙은 붉은색 상표와 파란색 상표가 어떻게 다른지 구분할 수 있어. 빈 술통이랑 토끼

가죽을 팔아서 돈도 조금씩 모으고 있고. 뭐, 그렇게 모은 돈은 모두 엄마한테 맡겨 놓지만. 차라리 내가 하는 일을 미리 얘기해 두는 게 좋겠다.

먼저, 나는 아침마다 개집 문을 연 다음에 아침밥을 줘. 저녁에는 휘파람을 불어 개를 집 안으로 불러들이지. 개가 길거리를 돌아다니느라 늦어지면 돌아올 때까지 기다리고. 엄마가 언젠가부터 닭장 문을 닫는 일도 나에게 시키셨어. 풀도 내가 뽑아. 풀의 종류를 구별할 줄 알거든. 풀을 뽑고 나서 풀뿌리에 묻은 흙을 턴 다음 그 흙으로 다시 구멍을 메우지. 풀은 가축들에게 나눠 주고.

아빠를 도와 나무를 베는 일도 해. 운동 삼아 하는 거야. 아빠가 사냥해서 잡아 온 동물을 죽이는 것도 하지. 너는 에르네스틴 누나랑 동물의 털을 뽑으면 돼. 나는 물고기 배를 갈라 내장을 빼고 발로 물고기의 부레를 밟아 터뜨리는 일을 해. 그다음엔 네가 비늘을 벗기고 우물에 가서 물을 길어 와야 해.

실타래를 감을 때는 내가 도와줄게. 커피 빻는 것도 내 담당이야. 아빠가 벗어 놓은 더러운 신발을 복도에 가져다 놓는 것도 내 일이지. 하지만 아빠께 실내화를 드리는 일은 에르네스틴 누나만 할 수 있어. 누나가 실내화에 수를 놓았다고 다른 사람은 손도 못 대게 하거든. 그리고 먼

곳에 중요한 심부름을 가는 것도 내가 맡았어. 약국이나 병원에 가는 일도 내 몫이지. 너는 마을에 가서 살림에 필요한 물건들을 사 오기만 하면 돼. 그리고 날씨가 어떻든 상관없이 매일 강가에 나가 두세 시간씩 빨래를 해야 할 거야. 네가 하는 일 중에서 그게 가장 힘들걸. 내가 대신 해 줄 수는 없어. 하지만 울타리에 빨래를 널 때는 시간이 나면 도와줄게.

미리 당부해 둘 게 있는데, 과일 나무에는 절대로 빨래를 널면 안 돼. 아빠가 보시면 아무 말씀도 하지 않고 휙 낚아채서 바닥에 던져 버리시거든. 그러면 엄마가 너에게 다시 빨아 오라고 시키겠지.

신발을 닦는 건 네가 할 일이야. 사냥용 신발에는 구두약을 듬뿍 발라야 하지만 장화에는 절대로 바르지 마. 장화가 망가질 수도 있어. 또 진흙투성이가 된 아빠의 바지는 신경 쓰지 않아도 돼. 아빠는 진흙이 바지를 보호해 준다고 믿기 때문에 사냥을 할 때 일부러 바짓단을 걷지 않고 진흙탕을 마구 걸어 다니시거든.

내가 사냥 자루를 메고 아빠를 따라다니다가 바짓단을 걷으려 하면 아빠는 "홍당무야, 훌륭한 사냥꾼은 바짓단을 절대로 걷지 않아."라고 말씀하셔. 하지만 엄마는 정반대야. "옷을 더럽히기만 해 봐. 귀에 불이 나도록 꼬집을 테니까."라고 하시지. 두 분의 성격이 서로 다르니 어쩔 수 없어.

그래 봤자 너에게 크게 어려운 일은 아닐 거야. 방학 때는 나랑 일을 나누어서 하면 돼. 그리고 누나랑 형이랑 내가 기숙 학교로 돌아가면 일이 훨씬 줄어들 테니 결국 마찬가지야. 우리 가족 중에 너에게 못되게 굴 사람은 아무도 없어. 이웃 사람들한테 물어 봐. 모두들 이렇게 말할걸. 누나는 천사처럼 착하고 형은 마음이 한없이 따뜻하고 아빠는 이성적이어서 사리판단이 분명하며 엄마는 보기 드물게 훌륭한 요리사라고 말이야.

가족들 중에 그나마 까다롭다고 할 만한 사람은 나지만, 알고 보면 나도 다른 사람들과 다르지 않아. 나를 대하는 방법만 잘 알면 돼. 게다가 나는 이성적으로 생각하는 사람이고, 나쁜 점은 고치려고 애를 쓰거든. 솔직히 말하면 내 성격도 점점 좋아지고 있어. 네가 조금만 도와주면 우리는 금방 사이좋게 지낼 수 있을 거야.

참, 날 '도련님'이라고 부르지 마. 다른 사람들처럼 그냥 '홍당무'라고 불러. '홍당무 도련님'보다 간단하잖아. 그리고 한 가지 부탁이 더 있는데, 오노린 할머니처럼 날 어린애 대하듯 하지 말아 줘. 그건 정말 질색이야. 오노린 할머니가 늘 애 취급을 해서 기분이 나빴거든.

제 22 장

앞을 못 보는 남자

앞을 보지 못하는 남자가 지팡이로 문을 조심스럽게 두드렸다.

르픽 부인 : 저 사람이 왜 또 왔지?

르픽 씨 : 몰라서 그래? 몇 푼 달라는 거겠지. 오늘 오는 날이
잖아. 그냥 들어오라고 해.

르픽 부인은 못마땅한 표정을 지으며 문을 열었다. 매서운 바
람이 집 안으로 몰아치자 맹인의 팔을 홱 잡아끌었다.

"모두들 안녕하세요?"

맹인은 이렇게 말하며 앞으로 걸어 나갔다. 생쥐를 쫓는 것처

럼 짧은 지팡이로 바닥을 톡톡 두들기며 나아가다가 그만 의자에 부딪히고 말았다. 가까스로 의자에 앉은 맹인은 얼어붙은 손을 난롯가로 뻗었다.

르픽 씨가 동전을 건네주며 말했다.

"여기 있소!"

르픽 씨는 더 이상은 맹인에게 관심을 주지 않고 읽다 만 신문을 집어 들었다. 홍당무는 이 광경이 매우 재미있었다. 구석에 웅크리고 앉아 맹인의 신발을 관찰했다. 꽁꽁 언 신발이 녹아 그 주위에 더러운 물이 번졌다.

르픽 부인이 그걸 보고 대뜸 이렇게 말했다.

"신발을 벗어서 이리 줘 봐요."

르픽 부인은 신발을 벽난로 밑에 가져다 두었다. 하지만 이미 늦어 버렸다. 바닥에 물이 흥건히 고여 있었다. 맹인이 두 발에 축축함을 느끼고는 불안한 듯 냄새나는 발을 한 발, 한 발 들어 올렸다. 진흙이 섞인 눈이 물로 변하며 주위로 번져 나갔다.

홍당무는 손톱으로 바닥을 긁어 더러운 물이 자기 쪽으로 흘러오게 했다.

"돈을 받아 놓고도 가지 않고 뭘 하는 거지?"

르픽 부인은 맹인이 듣든 말든 상관없이 혼잣말처럼 중얼거렸다.

뜻밖에도 맹인은 정치 이야기를 꺼내기 시작했다. 처음에는 머뭇거리며 망설이더니 나중에는 열을 올리며 떠들어 댔다. 말문이 막히면 지팡이를 번쩍 들어 올렸다. 손을 내젓다가 뜨거운 난로 연통에 닿으면 화들짝 놀라 재빨리 움츠렸다. 그러면서 연신 눈물이 흐르는 흰자위를 이리저리 굴렸다.

르픽 씨가 신문을 넘기며 가끔씩 끼어들었다.

"그럴 수도 있지요. 그럴 수도 있어요, 티시에 영감. 그런데 정말로 그렇게 확신하시오?"

맹인의 목소리가 커졌다.

"물론이죠! 당연히 확신합니다. 선생님, 내 말 좀 들어 보세요. 제 눈이 어쩌다 이 꼴이 되었는지 말씀드리죠."

르픽 부인이 한숨을 쉬며 말했다.

"저 양반, 갈 생각이 전혀 없군."

맹인은 기분이 좋아졌다. 맹인이 된 사연을 털어놓으면서 기지개를 활짝 켜자 꽁꽁 언 몸이 스르르 녹았다. 혈관 속에 있던 얼음 덩어리가 녹은 듯 피가 활발하게 돌기 시작했다. 맹인이 입고 있던 옷과 팔다리에서 기름때가 줄줄 흘러내리는 듯했다.

바닥에 고인 물은 점점 더 많이 홍당무 쪽으로 흘러갔다. 어차피 홍당무가 원했던 일이었다. 물을 가지고 놀 수 있으니까.

르픽 부인은 이내 영악한 잔꾀를 쓰기 시작했다. 일부러 팔꿈치로 맹인을 툭툭 치는가 하면 발까지 밟아서 뒷걸음질을 치게 만들었다. 맹인은 난로의 열기가 닿지 않는 찬장과 붙박이장 사이까지 밀려났다. 앞이 보이지 않아 방향 감각을 잃고 손으로 여기저기를 더듬거리며 허우적댔다. 맹인의 손가락이 짐승처럼 주변을 기어 다녔다. 맹인은 그렇게 어둠 속을 헤맸다. 그 바람에 녹았던 몸이 다시 차갑게 얼어붙고 말았다.

맹인은 울먹이는 목소리로 이야기를 끝냈다.

"여러분, 이게 제가 두 눈을 잃어버린 사연이랍니다. 이젠 아무것도 남지 않았어요. 새까만 솥을 머리에 뒤집어쓴 것처럼 사방이 캄캄해요."

그때 맹인이 지팡이를 떨어뜨렸다. 르픽 부인이 그토록 기다리던 순간이 온 것이다.

르픽 부인은 잽싸게 달려가 지팡이를 주워 맹인에게 건넸다. 정확하게 말하면 건네준 건 아니었다. 맹인은 지팡이를 잡았다고 생각했지만 실제로는 그게 아니었다.

르픽 부인은 능숙한 솜씨로 맹인에게 신발을 신긴 다음 문까지 끌고 갔다. 그래도 분이 풀리지 않는지 맹인을 살짝 꼬집은 다음에 길거리로 밀어냈다. 한바탕 눈을 쏟아 낸 잿빛 하늘은 이불을 깔아 놓은 것처럼 부옇게 보였다. 그리고 세찬 바람 소리는 밖으로 내쫓긴 개가 울부짖는 것처럼 거칠었다.

르픽 부인은 문을 닫기 전에 마치 귀머거리에게 이야기하듯 크게 소리를 질러 댔다.

"안녕히 가세요. 우리가 준 돈 잃어버리지 마시고요. 다음 주일요일에 봐요. 날씨가 좋으면요. 그리고 그때까지 계속 목숨이 붙어 있다면 말이에요. 아참! 영감님 말이 맞아요. 누가 살고 누가 죽을지는 두고 봐야 알죠. 고통 없이 사는 사람이 어디 있겠어요! 그래도 하느님이 우리 모두를 도와주실 거예요!"

제 23 장
새해 첫날

눈이 펄펄 내렸다. 뭐니 뭐니 해도 새해 첫날에는 눈이 내려야
제맛이다.

르픽 부인은 안뜰로 이어지는 문에 빗장을 걸었다. 사탕이나
과자를 받으려고 돌아다니는 개구쟁이 동네 꼬마들이 몰려와
문고리를 흔들고 발로 문을 찼다. 처음에는 가볍게 차더니 나중
에는 화가 나서 있는 힘껏 걷어찼다.

아이들은 결국 지쳐서 단념하고 뒷걸음질을 치며 멀어져 갔
다. 르픽 부인은 창가에 숨어 아이들을 몰래 엿보았다. 아이들의
발자국 소리가 눈 속에 파묻혀 사라졌다.

홍당무는 침대에서 벌떡 일어나 정원으로 내려갔다. 물받이

통에 고인 물로 비누 없이 대충 세수를 하기 위해서였다. 그런데 물이 꽁꽁 얼어붙어 세수를 하려면 얼음을 깨야 했다. 얼음을 깨느라 안간힘을 쓰다 보니 몸에서 열이 났다. 난로의 열기보다는 차라리 건강에 좋으리라는 생각이 들었다.

홍당무는 물만 살짝 묻혀 얼굴을 닦는 시늉만 했다. 어차피 구석구석 깨끗이 닦아도 가족들은 홍당무를 꼬질꼬질하다고 여기기 때문에 눈곱만 떼어 내도 별 상관이 없었다.

홍당무는 새해 첫날 행사를 떠올리며 마음이 설레었다. 한껏 들떠서 펠릭스 바로 뒤에 가 섰다. 펠릭스는 에르네스틴 뒤에 서 있었다. 세 아이가 나란히 부엌으로 들어갔다. 르픽 씨 부부는 평소처럼 무덤덤한 표정으로 앉아 있었다.

에르네스틴이 부모님 볼에 뽀뽀를 하며 말했다.

"안녕히 주무셨어요? 엄마 아빠, 새해 복 많이 받으세요. 건강하시고요. 먼 훗날 꼭 천국에 가시길 바랄게요."

펠릭스도 똑같은 말을 반복하며 부모님에게 뽀뽀를 했다. 하지만 너무 빨리 말해서 잘 알아들을 수는 없었다.

홍당무는 모자 속에서 편지 한 장을 꺼냈다. 봉투에 '사랑하는 부모님께'라고 쓰여 있었다. 주소는 없었다. 한쪽 귀퉁이에 특이하게 생긴 새 한 마리가 알록달록하게 그려져 있었다.

홍당무는 르픽 부인에게 편지를 내밀었다. 르픽 부인이 봉투를 뜯었다. 편지지에 활짝 핀 꽃들이 가득 그려져 있었고, 가장

자리에는 레이스까지 장식되어 있었다. 그리고 홍당무가 레이스에 펜을 떨어뜨리는 바람에 생긴 잉크 자국이 여기저기 번져 있었다.

> **르픽 씨** : 나는? 내 건 없냐?
> **홍당무** : 두 분께 같이 드리는 거예요. 엄마가 보시고 난 다음에 아빠께 드릴게요.
> **르픽 씨** : 넌 나보다 엄마가 더 좋은 모양이구나. 앞으로 네 주머니에 동전이 들어갈 일은 없을 거다!
> **홍당무** : 잠깐만 기다리세요. 엄마가 다 읽으셨어요.
> **르픽 부인** : 글은 참 잘 썼는데, 글씨가 엉망이라 도무지 읽을 수가 없구나.

"아빠, 여기요. 이제 아빠가 읽으실 차례예요."

홍당무가 서둘러 편지를 아빠에게 건넸다. 홍당무가 뻣뻣하게 서서 아빠의 반응을 기다리는 동안 르픽 씨는 편지를 여러 번, 아주 천천히 읽어 내려갔다. 그러면서 습관처럼 "아! 아!" 하는 소리를 내고는 편지를 식탁에 내려놓았다.

편지는 제 몫을 다했다. 이제 이 편지는 가족들 모두의 것이 되었다. 누구나 보고 만질 수 있었다. 에르네스틴과 펠릭스는 편지를 읽으며 맞춤법이 틀린 곳을 찾았다. 홍당무가 여기서부터 펜을 바꾸었다느니, 이곳부터는 그나마 읽기가 쉽다느니, 말이 많았다. 펠릭스와 에르네스틴은 한참 만에 편지를 홍당무에게 돌려주었다.

홍당무는 편지를 이리 뒤집고 저리 뒤집으며 씁쓸한 미소를 지었다. 그 표정은 꼭 이렇게 되뇌는 것 같았다.

'누가 이 편지를 갖고 싶은 사람 없어요?'

결국 홍당무는 편지를 다시 모자 속에 집어넣었다.

이제 새해 선물은 받을 시간이 되었다. 에르네스틴은 자기보다 훨씬 더 큰 인형을 받았다. 펠릭스는 전쟁에 나갈 준비를 완벽하게 갖춘 장난감 병정 인형 세트를 받았다.

"너에게는 정말 깜짝 놀랄 만한 선물이 있단다."

르픽 부인이 홍당무에게 말했다.

홍당무 : 아, 알고 있어요!

르픽 부인 : 무슨 대답이 그래? 이미 알고 있다고? 그럼, 놀라지도 않을 테니 굳이 보여 줄 필요가 없겠구나.

홍당무 : 아니에요. 몰라요. 제가 신을 본 적이 없는 것처럼 선물도 본 적이 없어요.

홍당무가 정색을 하며 손을 들어 맹세를 했다. 르픽 부인이 찬장을 열었다. 그 모습을 지켜보는 홍당무의 심장은 몹시 떨렸다.

르픽 부인이 팔을 쭉 뻗어 아주 천천히, 은밀하게 무언가를 꺼
냈다. 노란 종이에 싸인 담배 파이프 모양의 빨간 사탕이었다.

홍당무는 주저 없이 환호성을 질렀다. 이럴 때 어떻게 해야 하
는지 잘 알고 있었다. 바로 모두가 보는 앞에서 파이프를 피워
보는 것! 형과 누나의 부러운 시선을 받으면서. (모든 것을 다 가
질 수는 없는 법이니까!) 홍당무는 부모님 앞에서 사탕을 입에 물
며 파이프를 피우는 시늉을 했다.

두 손가락 사이에 사탕을 끼우고 몸를 뒤로 젖히더니 고개를
왼쪽으로 살짝 돌렸다. 홍당무는 입을 동그랗게 모으며 두 볼이
쏙 들어가도록 사탕을 힘껏 빨았다. 그러고는 허공에 대고 담배
연기를 내뿜는 시늉을 하며 말했다.

"정말 좋은 파이프네요."

제 24 장
방학 전후

르픽 집안의 딸과 두 아들이 방학을 맞아 집으로 돌아왔다. 역마차에서 풀쩍 뛰어내린 홍당무는 멀리 서 있는 부모님을 보며 속으로 중얼거렸다.

'지금 달려가야 하나?'

홍당무가 망설였다.

'아니, 너무 일러. 저기까지 뛰어가려면 숨이 가쁠 거야. 괜히 여기서부터 뛰어갈 필요는 없지.'

그러면서 홍당무는 계속 주저했다.

'이쯤에서 뛰어갈까? 아니다, 좀 더 가서 뛰어야지.'

머릿속이 복잡했다.

'언제쯤 모자를 벗고 인사를 하지? 아빠와 엄마, 두 분 중에 누구한테 먼저 달려들어 입을 맞추면 좋을까?'

홍당무가 고민하는 사이에 펠릭스와 에르네스틴은 벌써 달려가서 부모님과 따뜻한 포옹을 나누고 있었다.

홍당무가 도착했을 때는 나눠 가질 입맞춤도 포옹도 없었다.

르픽 부인이 펠릭스에게 말했다.

"나이가 몇인데 아직도 '아빠'라고 부르는 거냐? '아버지'라고 불러야지. 그리고 뽀뽀보다는 손을 내밀고 악수를 청해라. 그게 더 남자답지."

르픽 부인은 홍당무의 이마에 딱 한 번 뽀뽀를 해 주었다. 남자 대접을 받는 형에게 질투를 느낄까 싶어서였다.

홍당무는 방학을 맞아 가족들을 보니 너무나 기뻐서 눈물이 날 지경이었다. 하지만 마음과는 달리 인사조차 이렇게밖에 못했다. 마음과는 다르게 표현된 것이다.

10월 2일 월요일 아침, 기숙 학교로 돌아가는 날이었다. (그 시절에는 프랑스의 모든 학교가 10월 초에 개학을 했다. 그래야 농가의 자녀들이 9월 추수 때, 수확을 거들 수 있기 때문이다.—옮긴이)

멀리서 역마차의 방울 소리가 들리자 르픽 부인은 아이들을 한꺼번에 꼭 껴안았다.

하지만 홍당무는 그 품에 없었다. 홍당무는 참을성 있게 자기 차례가 오기를 기다렸다. 한 손은 벌써 마차의 문손잡이를 잡은 채 작별 인사를 준비했다. 홍당무는 이런 슬픈 순간에도 자신도 모르게 콧노래를 흥얼거렸다.

"안녕히 계세요, 어머니."

홍당무가 의젓하게 인사를 했다.

"이 녀석아, 누가 너더러 그렇게 부르라고 했니? 다른 애들처럼 '엄마' 하고 부르면 될 걸 가지고! 정말 유별나다니까. 아직도 침을 흘리고 코도 흘리는 주제에 벌써부터 어른 흉내를 내는 것 좀 봐!"

그러면서 르픽 부인은 홍당무의 이마에 딱 한 번 뽀뽀를 해 주었다. 홍당무가 누나와 형에게 질투를 할까 봐서였다.

제 25 장

펜 대

르픽 씨는 펠릭스와 홍당무를 중학교 과정을 가르치는 생 마르크 기숙 학교에 보냈다. 학생들은 하루에 네 번씩 학교와 기숙사를 왔다 갔다 해야 했다. 날씨가 화창한 날에는 당연히 기분이 좋았고, 비가 내릴 때도 몸이 살짝 젖는 것만 빼면 그런대로 상쾌했다. 그래서 학생들은 매일같이 이 길을 걸으며 일 년 내내 건강한 모습이었다.

오늘도 학생들은 오전 수업을 마치고 발을 질질 끌며 양 떼처럼 우르르 학교에서 기숙사로 돌아가고 있었다. 홍당무가 고개를 숙이며 걷고 있는데 뒤에서 아이들의 소리가 들렸다.

"홍당무, 저기 너의 아버지 오셨어."

르픽 씨는 이런 식으로 아들을 놀라게 하는 걸 좋아했다. 온다는 편지도 없이 불쑥 학교로 찾아온 것이었다.

르픽 씨는 기숙사 맞은편 길모퉁이에서 담배를 문 채 뒷짐을 지고 서 있었다. 홍당무와 펠릭스는 아이들 틈에서 빠져나와 아빠에게 쪼르르 달려갔다.

"정말이네! 아빠가 오실 줄은 꿈에도 생각하지 못했어요."

홍당무가 즐거워하며 말했다.

"넌 내 얼굴을 봐야 내 생각이 난다는 거냐?"

르픽 씨가 짓궂은 표정을 지으며 말했다.

홍당무는 아빠에게 다정한 말을 건네고 싶었지만 당황한 나머지 적당한 말이 생각나지 않았다. 홍당무는 까치발을 하고 아빠에게 입을 맞추려고 했다. 하지만 르픽 씨는 홍당무의 입술이 수염에 닿자 움찔하며 반사적으로 고개를 높이 들었다. 그리고 홍당무와 입 맞추기를 피하려는 듯 살짝 허리를 굽혔다가 뒤로 얼른 물러났다. 홍당무는 아빠의 볼에 뽀뽀를 하려고 했지만 콧등만 살짝 스쳤다. 결국 허공에 입을 맞춘 꼴이 되어 버렸다.

홍당무는 이내 체념하고 당황스러워하면서 아빠의 이상한 반응을 어떻게 이해해야 할지 고민했다.

'아빠가 날 사랑하지 않는 걸까? 형한테는 입을 맞추셨어. 뒷걸음질도 치지 않으셨지. 그런데 왜 나는 피하셨을까? 질투가 나게 하려고 일부러 그러신 걸까? 하긴, 이런 일을 하루 이틀 겪은 것도 아니잖아. 삼 개월이나 떨어져 지내면서 아빠 엄마가 무척 그리웠는데. 그래서 만나면 강아지처럼 뛰어가 품에 안기려고 마음먹었는데. 서로를 어루만지며 기쁨을 나누려고 했는데. 아빠 엄마는 늘 나에게 차갑기만 하셨어.'

홍당무는 이런 슬픈 생각에 빠져 있느라 그리스 어 공부가 잘되어 가냐는 르픽 씨의 질문에 제대로 대답하지 못했다.

홍당무 : 수업에 따라 달라요. 그래도 독해 수업이 작문 수업 보다는 나아요. 독해는 감으로도 맞힐 수 있거든요.

르픽 씨 : 그럼, 독일어는 어떠냐?

홍당무 : 발음이 너무 어려워요, 아빠.

르픽 씨 : 이런! 그래 가지고 전쟁이 나면 어떻게 독일군을 무찌르려고 그래? 그놈들 말도 못 하면서 말이야.

홍당무 : 어휴! 전쟁이 날 때까지는 열심히 공부할게요. 아빠는 전쟁 얘기로 늘 겁을 주시지만, 제가 공부를 마칠 때까지 전쟁도 기다려 줄 거예요.

르픽 씨 : 지난번 프랑스 어 작문 시험에서 몇 등을 했냐? 꼴찌는 아니기를 바란다.

홍당무 : 꼴찌도 한 명은 있어야죠.

르픽 씨 : 이 녀석이! 실은 너희한테 점심을 사 주려고 왔단다. 그런데 오늘이 평일이라 너희 공부에 방해가 되겠구

나. 일요일이라면 좋았을걸.

홍당무 : 저는 오늘도 괜찮아요. 형은 어때?

펠릭스 : 나도 좋아! 마침 오늘 선생님이 숙제를 내는 걸 깜빡
잊어버리셨어.

르픽 씨 : 그러면 예습을 하면 되겠구나.

펠릭스 : 저는 이미 다 알아요, 아빠. 어제하고 똑같은걸요.

르픽 씨 : 오늘은 그냥 기숙사로 돌아가렴. 일요일까지 여기
머물 수 있도록 애써 볼 테니 또 보자꾸나.

펠릭스가 입을 삐죽 내밀며 뾰로통한 표정을 지었다. 홍당무
도 말은 안 했지만 실망한 기색이 역력했다. 그렇다고 작별 인
사를 계속 미룰 수는 없었다. 헤어져야 할 시간이 왔다.

홍당무는 마음을 졸이며 그 순간을 기다렸다.

'되든 안 되든 시도는 해 보는 거야. 이번에도 아빠가 나를 피
하는지 봐야겠어.'

굳게 결심을 한 홍당무가 아빠를 정면으로 쳐다보며 입을 쭉
내밀더니 점점 가까이 다가갔다. 그런데 이번에도 르픽 씨는 홍
당무를 손으로 막으며 다가오지 못하게 했다.

"귀에 꽂은 펜대로 내 눈을 찌를 셈이냐? 뽀뽀를 하려면 펜
대부터 치워라. 날 보렴. 나도 이렇게 담배를 빼서 손에 들었잖
니?"

홍당무 : 아! 아빠, 정말 죄송해요. 아빠 말씀이 맞아요. 언젠
가 이 펜대 때문에 사고를 치고 말 거예요. 몇 번이나 지적
을 받았는데도 그래요. 하지만 펜대를 귀에 꽂고 있으면
매우 편해서 그런지 펜대가 꽂혀 있다는 것조차 잊어버려
요. 펜촉이라도 빼 놔야 했는데. 아, 불쌍한 우리 아빠! 이
펜대 때문에 절 피하셨다니 정말 기뻐요.

르픽 씨 : 이 녀석! 하마터면 내 눈이 애꾸가 될 뻔했는데 기
쁘다는 거냐?

홍당무 : 아니에요, 아빠. 그것 때문이 아니라 다른 일로 기쁜
거예요. 혼자 바보 같은 생각을 했거든요.

제 26 장
붉은 뺨

1

생 마르크 기숙 학교의 교장 선생님은 매일 밤 점호를 마치면 바로 기숙사를 떠났다. 학생들은 상자 속에 몸을 밀어 넣듯 이불 속으로 들어가 몸이 침대 밖으로 삐져나오지 않도록 잔뜩 웅크렸다.

사감인 비올론 선생님은 곳곳을 살피며 아이들이 모두 자리에 누웠는지 감시했다. 확인이 끝나면 발소리도 내지 않고 조용히 걸어가 가스 등불을 약하게 낮췄다. 그러고 나면 아이들은 기다렸다는 듯이 옆자리의 아이와 소곤거리기 시작했다. 침대 머리맡에서 들려오는 아이들의 귀엣말이 기숙사 전체에 울려 퍼지면서 알아듣기 어려운 정체불명의 화음을 만들어 냈다. 휘파람 소리 같은 것도 간간히 들렸다.

귀에서 윙윙거리는 소리가 계속 이어지면 신경이 곤두설 수밖에 없었다. 아이들의 말소리는 눈에 보이지 않았지만 이곳저곳을 돌아다니며 침묵을 야금야금 갉아먹는 생쥐 같았다.

비올론 선생님은 실내화를 신고 침대 사이를 오가며 학생들의 발을 간질이거나 모자에 달린 술을 잡아당기기도 했다. 그러다가 마르소 옆에서 걸음을 멈추었다.

매일 저녁 비올론 선생님은 밤이 깊도록 마르소와 이야기를 나누었다. 옆자리 아이와 이야기를 해도 된다는 것을 몸소 보여주는 셈이었다. 아이들은 이불을 조금씩 당겨 입을 덮는 것처럼 목소리가 점점 작아지다가 이내 잠이 들었다.

하지만 선생님은 방을 떠나지 않았다. 마르소의 침대 위에 몸을 구부리고 쇠로 된 침대 틀에 팔꿈치를 대었다. 팔뚝이 굳어지고 손가락이 저려도 꾹 참는 모양이었다.

비올론 선생님은 유치한 이야기를 하면서 즐거워했다. 마르소가 잠들지 않도록 은밀한 비밀을 털어놓거나 사랑 이야기를 들려주었다.

비올론 선생님은 마르소를 귀여워했다. 안에서 빛이 새어나오는 것처럼 투명하고 보드랍고 발그레한 뺨 때문이었다. 마르소의 뺨은 탐스러운 붉은색 과일 같았다. 그래서 주위 온도가 조금만 바뀌어도 얼굴의 가느다란 실핏줄이 투명한 복사지 밑에 받쳐 놓은 지도 위의 등고선처럼 선명하게 드러났다.

마르소는 이유도 없이 갑자기 얼굴이 빨개지곤 했는데, 얼마나 매력적인지 마치 소녀처럼 사랑스러웠다.

한 친구가 짓궂게 마르소의 뺨을 손가락으로 눌렀다가 뗀 적이 있었다. 그 순간 손자국이 하얗게 남았다가 이내 뺨 전체가 점점 탐스러운 붉은색으로 물들었다. 마치 투명한 물에 포도주를 떨어뜨렸을 때 붉은 빛깔이 퍼지는 것과 흡사했다. 마르소의 얼굴은 장밋빛을 띠는 코끝에서 라일락색의 귀까지 다양한 색으로 물들었다.

친구들이 뺨을 눌러 보고 싶어 하면, 마르소는 기꺼이 뺨을 내주었다. 그래서 마르소에게는 '작은 전등', '초롱', '붉은 뺨'이라는 별명이 있었다. 누구나 원하면 그의 뺨에 불을 켜서 빨갛게 타오르게 할 수 있다는 의미였다. 많은 아이들이 마르소의 붉은 뺨을 부러워했다.

마르소 바로 옆에서 자는 홍당무는 누구보다 질투가 심했다. 홍당무는 비쩍 마른 데다 얼굴은 밀가루를 뒤집어쓴 듯 희끄무리했다. 마르소처럼 보이려고 볼을 꼬집어 보았지만 불그스름해지기는커녕 칙칙한 손톱자국만 생겼다. 마음 같아서는 마르소의 발그레한 뺨에 손톱자국을 내어 흉하게 만들어 놓고 싶었다. 아니면 오렌지 껍질을 벗기듯 마르소의 피부를 벗겨 버리고 싶은 심술궂은 생각도 들었다.

홍당무는 예전부터 비올론 선생님과 마르소의 관계가 뭔가 미심쩍다는 생각을 했다. 그래서 그날 저녁 마르소에게 이야기 하는 선생님의 목소리에 귀를 쫑긋 세웠다. 홍당무는 자신이 품은 의심이 맞을 것 같았고, 비올론 선생님의 행동에 담긴 진정한 의미를 파헤치고 싶었다.

홍당무는 능숙한 꼬마 첩보원처럼 천연덕스럽게 코를 고는 시늉을 하며 몸을 이리저리 뒤척였다. 중간에 악몽을 꾼 것처럼 소리까지 질렀다. 그 바람에 방 안에 있던 다른 아이들이 깜짝 놀라 잠에서 깼고, 거친 파도가 일렁이듯 아이들의 이불이 들썩거렸다. 비올론 선생님이 방에서 나가자 홍당무는 벌떡 일어나 가쁜 숨을 몰아쉬며 마르소에게 외쳤다.

"이 변태 같은 녀석!"

마르소가 아무 말도 하지 않자 홍당무는 무릎을 꿇고 앉아 마르소의 팔을 잡아 당기며 힘차게 흔들었다.

"내 말 잘 들어, 이 변태 같은 놈아!"

그러나 정작 변태로 불린 마르소는 들은 척도 하지 않았다. 울화가 치민 홍당무가 다시 입을 열었다.

"이 더러운 녀석! 내가 못 본 줄 알아? 선생님이 너한테 뽀뽀하는 거 다 봤어! 얼른 말해! 네가 선생님 애인이 아니라고 변명해 보란 말이야."

홍당무는 화가 난 거위처럼 목을 길게 뺀 채 마르소의 침대 끝에 서서 주먹을 쥐고 부르르 떨었다.

바로 그때 누군가의 목소리가 들렸다.

"그래! 그래서 어쨌다는 거지?"

홍당무는 허리를 굽히고 금세 이불 속으로 기어 들어갔다.

비올론 선생님이 방으로 들어온 것이었다.

2

비올론 선생님이 말했다.

"그래, 마르소, 내가 너한테 입을 맞췄다고 솔직하게 말해도 돼. 나쁜 짓이 아니니까. 나는 네 이마에 입을 맞췄을 뿐이야. 그런데 홍당무는 순수하지 못한 생각을 하는구나. 아버지가 자식에게 하듯 순수하고 고결한 입맞춤일 뿐이야. 나는 너를 아들처럼, 아니 너만 괜찮다면 남동생처럼 생각하며 아낀단다. 저 얼빠진 녀석이 내일이면 터무니없는 소문을 내고 다니겠지. 이 못된 녀석!"

비올론 선생님이 떨리는 목소리로 말하는 동안 홍당무는 자는 척했다. 하지만 잘 듣기 위해 고개를 살짝 들고 있었다.

마르소는 숨을 죽이고 사감 선생님의 말에 귀를 기울였다. 선생님의 말이 옳다고 생각했지만 비밀이 들통 날까 봐 걱정하는 사람처럼 조마조마했다.

비올론 선생님은 최대한 목소리를 낮추어 말을 이어 갔다. 먼 곳에서 들리는 것처럼 거의 알아들을 수 없었다.

하지만 홍당무는 감히 돌아누울 수가 없었다. 허리를 조심스럽게 들어 마르소가 있는 침대 쪽으로 몸을 움직여 보았지만 아무런 소용이 없었다. 들으려고 어찌나 애를 썼던지, 귀에 구멍이 나고 귀가 깔대기처럼 벌어지는 듯한 느낌이 들었다.

전에도 이런 경험이 있었다. 방문의 열쇠 구멍에 눈을 바짝 대고 몰래 훔쳐본 적이 있었다. 열쇠 구멍을 넓혀서 그 속으로 갈고리를 넣고, 보고 싶은 것을 자기 쪽으로 끌어당기고 싶은 마음이 굴뚝 같았다.

그때 비올론 선생님의 목소리가 똑똑히 들렸다.

"암, 그럼, 내 마음은 정말 순수해. 저 멍청이가 잘 알지도 못하면서 괜히 헛소리를 하는 거야!"

비올론 선생님이 부드럽게 몸을 굽혀 마르소 이마에 다시 입을 맞추었다. 그러고는 붓처럼 거친 수염을 마르소의 얼굴에 비비더니 방을 나가 버렸다. 홍당무는 가지런히 늘어선 침대 사이를 빠져나가는 선생님을 끝까지 지켜보았다. 비올론 선생님의 손이 누군가의 베갯머리를 스치자 잠을 자고 있던 학생이 깊은 숨을 내쉬며 돌아누웠다.

홍당무는 그 뒤로도 한동안 동정을 살폈다. 사감 선생님이 다시 들어올까 봐 무서웠다.

마르소는 몸을 웅크린 채 이불을 눈까지 끌어올렸다. 하지만 눈을 뜬 채 방금 전에 일어난 일을 곱씹어 보았다. 마르소는 그 일이 마음에 거리낄 만큼 추악한 짓은 아니라고 생각했다. 하지만 이불 밑에서 밤을 보내는 동안 꿈속에서 자신을 매혹시킨 여자들을 떠올릴 때처럼 비올론 선생님의 얼굴이 부드럽고 또렷하게 나타났다.

홍당무는 기다리다 지쳐 버렸다. 자석을 붙여 놓은 것처럼 눈꺼풀이 당겼다. 꺼져 가는 가스 등불을 쳐다보며 깨어 있으려고 애썼다. 하지만 가스등에서 나오는 작은 심지의 흐릿한 불꽃을 보며 셋까지 세는 순간 스르르 잠이 들었다.

3

다음 날 아침, 아이들이 세면대 앞에서 한쪽 끝에 찬물을 적신 수건으로 광대뼈 주위만 문지르고 있었다. 그때 홍당무는 심술궂은 눈빛으로 마르소를 쳐다보았다. 사나운 표정을 지으며 이를 악물고 말했다.

"변태!"

마르소의 두 뺨이 붉은색으로 물들었다. 마르소는 화내지 않고 애원하는 눈빛으로 홍당무를 바라보며 이렇게 말했다.

"아니야, 네가 생각하는 그런 게 아니라고!"

잠시 후, 비올론 선생님이 손 검사를 했다. 아이들은 두 줄로 서서 손등과 손바닥을 차례로 보여 주었다. 손 검사가 끝나기 무섭게 아이들은 호주머니나 가까이 있는 이불 속에 손을 얼른 집어넣었다.

비올론 선생님은 평소에 손 검사를 꼼꼼히 하는 편이 아니었다. 그런데 이번에는 홍당무의 손을 보더니 트집을 잡았다. 다시 씻고 오라고 했지만 홍당무는 말을 듣지 않았다. 손에 푸르스름한 얼룩 같은 게 묻어 있었는데 동상에 걸린 거라고 끝까지 우겼다. 홍당무는 비올론 선생님이 자신을 미워하고 있다고 생각했다.

결국 비올론 선생님은 홍당무를 교장실로 데리고 갔다.

교장 선생님은 교장실에서 상급생들에게 가르칠 역사 수업을 준비하고 있었다. 교장 선생님이 두툼한 손가락으로 책장 귀퉁이를 눌러 중요한 부분을 표시하고 있었다. 한쪽에는 로마 제국의 몰락이 있었고, 중간쯤에는 터키의 콘스탄티노플 정복이 있었다. 더 가면 근대사가, 더 멀리 가면 정확히 언제 시작해서 언제 끝나는지 알 수 없는 현대사가 있었다.

교장 선생님은 헐렁한 가운을 걸치고 있었다. 수를 놓은 끈이 육중한 허리를 휘감고 있었는데, 그 모습이 마치 둥근 기둥을 비끄러맨 밧줄 같았다. 교장 선생님은 많이 먹기 때문에 얼굴이 퉁퉁하고 언제나 기름기가 흘렀다. 학부모들에게 언성을 높일 때는 목주름이 옷깃 위로 삐져나와 출렁거렸다. 동그란 눈과 짙은 콧수염이 유난히 눈에 띄었다.

홍당무는 두 손을 자유롭게 움직일 수 있도록 모자를 다리 사이에 끼우고 교장 선생님 앞에 섰다.

교장 선생님이 엄격한 목소리로 물었다.

"무슨 일인가?"

"교장 선생님, 사감 선생님이 제 손이 더럽다면서 여기로 보냈습니다. 하지만 사실이 아니에요."

홍당무는 당당하게 손을 보여 주었다. 처음에는 손등을, 다음에는 손바닥을 내밀었다. 보다 확실하게 하기 위해 다시 한 번 손바닥을, 그다음에 손등을 보여 주었다.

"사실이 아니라고? 나흘 동안 근신이다!"

"교장 선생님, 사감 선생님이 저를 골탕 먹이려고 일부러 그러시는 거예요!"

"아! 골탕을 먹인다고? 좋아, 이 녀석, 일주일 동안 근신이다!"

홍당무는 교장 선생님이 어떤 사람인지 잘 알았다. 사정을 한다고 해서 통할 사람이 아니었다. 홍당무는 정면으로 맞서기로 결심했다. 다리에 힘을 바짝 주고 등을 곧게 펴서 따귀를 맞을 각오를 하고 용기를 냈다.

교장 선생님은 말을 잘 듣지 않는 학생이 있으면 종종 손등을 때렸다. 교장실에서는 그런 체벌이 전혀 문제가 되지 않았다. 맞을 것을 예상한 학생들은 교장 선생님이 다가오면 살짝 몸을 낮추며 피하는 잔꾀를 부렸다.

그럴 때마다 교장 선생님은 균형을 잃고 휘청거렸다. 그 모습을 본 아이들이 키득거리며 웃었다. 그러고 나면 교장 선생님은 다시 때리려고 하지 않았다. 교장으로서 권위가 떨어진다고 생각했기 때문이다. 이왕 때릴 거면 학생의 빰을 정확히 겨냥하거나 아니면 아예 때리지 말아야 했다.

홍당무가 거만한 태도를 보이며 자신 있게 말했다.

"교장 선생님, 사감 선생님이 마르소한테 이상한 짓을 해요!"

그 순간 교장 선생님은 두 눈에 파리가 들어간 것처럼 껌벅이더니 주먹을 불끈 쥐었다. 이윽고 책상 끝을 손으로 짚으며 반쯤 일어섰다. 그러고 나서 가슴으로 홍당무를 들이받을 것처럼 고개를 쭉 내밀며 쉰 목소리로 물었다.

"이상한 짓?"

홍당무는 실수를 했다는 생각이 들었다. 앙리 마르탱(1810~1883, 프랑스의 유명한 역사학자. 19권으로 이루어진《프랑스의 역사》를 썼다.—옮긴이)이 쓴 두꺼운 책이 곧 날아올 것 같았다. (어쩌면 정말로 날아올지도 몰랐다.) 그런데 뜻밖에도 무슨 일인지 자세히 이야기해 보라고 했다.

교장 선생님이 홍당무의 설명을 기다리면서 고개를 비스듬히 하자, 축 늘어졌던 목주름이 한곳에 모이면서 목이 마치 두껍고 둥근 가죽 껍데기처럼 보였다.

홍당무는 선뜻 말이 나오지 않아 잠시 주저했다. 그러다가 난처한 표정을 지으면서 어색하고 수줍은 듯 다리 사이에 끼워 두었던 모자를 꺼냈다. 홍당무는 몸을 웅크리며 납작해진 모자를 턱까지 조심스럽게 들어 올리더니 아주 느린 동작으로 머리에 썼다. 모자로 원숭이처럼 생긴 얼굴을 가리며 입을 꾹 다물었다.

4

바로 그날, 간단한 조사를 마친 후 비올론 선생님은 해고되었다. 그가 학교를 떠나는 장면이 가슴을 뭉클하게 했다. 마치 한 편의 의식을 치르는 것 같았다.

"다시 돌아올 거다. 잠시 떠나는 것뿐이야."

비올론 선생님이 말했다.

하지만 아무도 그 말을 믿지 않았다. 이 기숙 학교는 오래 두면 곰팡이가 생길까 봐 걱정하는지 툭하면 선생님들을 해고했다. 그래서 사감 선생님이 여러 차례 바뀌었다. 비올론 선생님도 그전에 있던 선생님들처럼 떠나는 것뿐이었다.

좋은 교사였지만 더 일찍 떠났다. 거의 모든 학생들이 비올론 선생님을 좋아했다. 공책 표지에 '그리스 어 연습장' 같은 글씨를 비올론 선생님보다 더 멋지게 쓰는 선생님은 없었다. 간판 글씨처럼 크기와 위치가 완벽해 자로 댄 듯 반듯하게 썼다.

비올론 선생님이 글씨를 쓸 때면 학생들은 그의 책상 주변을 에워쌌다. 반짝거리는 초록색 보석 반지를 낀 선생님의 손이 우아하게 움직이고 나면 한쪽 끝에 꼭 서명을 했다. 그 서명은 마치 물수제비를 했을 때 규칙적인 파장이 일렁였다가 이내 변덕스럽게 변하는 물결처럼 멋진 작품이 되었다. 특히 서명의 꼬리 부분은 슬그머니 사라지며 자취를 감추었다. 그 끝을 찾으려면 아주 가까이에서 한참을 들여다봐야 했다. 모든 것이 한 획으로 완성되었다. 한 획으로 선이 복잡하게 얽혀 있는 서명을 아이들은 '끝머리 그림'이라고 불렀다. 모두들 비올론 선생님의 서명을 한참 동안 바라보며 감탄했다.

그런 선생님이 느닷없이 해고를 당하다니. 학생들은 마음이 아팠다.

학생들은 기회가 닿는 대로 교장 선생님에게 항의해야겠다고 생각했다. 볼을 빵빵하게 부풀리고 벌 떼처럼 잉잉거리는 소리를 내면서 불만을 표시하려고 했다. 아이들은 언젠가 꼭 그렇게 하리라고 마음먹었다.

하지만 지금은 그저 슬퍼하는 수밖에 없었다. 비올론 선생님은 학생들이 섭섭해하는 것을 알았기 때문에 일부러 쉬는 시간에 떠났다. 비올론 선생님이 운동장으로 나가자 그의 가방을 든 짐꾼 소년이 뒤따랐다.

학생들이 우르르 몰려나왔다. 선생님은 아이들에게 둘러싸여 이리 밀리고 저리 밀리면서 일일이 악수를 하고 머리를 쓰다듬어 주었다. 그러면서도 한 손으로는 외투 자락을 위로 잡아당기며 옷이 찢어지지 않게 하려고 애썼다. 그는 학생들의 반응에 감동하여 흐뭇한 미소를 지었다.

철봉에 대롱대롱 매달려 있던 학생들이 땅으로 내려왔다. 아이들은 소매를 걷어 올린 채 이마에 땀을 흘리면서 숨을 몰아쉬느라 입을 쩍 벌리고 있었다. 그리고 송진이 묻은 손바닥을 비올론 선생님을 향해 흔들었다. 운동장을 거닐던 학생들도 작별 인사를 하며 손을 흔들었다.

가방을 메고 구부정하게 걷던 짐꾼 소년은 비올론 선생님과 적당한 간격을 유지하기 위해 걸음을 멈췄다. 그 틈을 타 젖은 모래로 장난을 치던 꼬마가 손을 활짝 펴서 짐꾼의 하얀 작업복에 쓰윽 문질렀다.

마르소의 뺨은 붉은 물감을 푼 것처럼 새빨갰다. 마르소는 가슴이 아려 왔다. 자신이 비올론 선생님의 사촌 동생인 것처럼 서운한 마음이 들었다. 그러면서도 그런 생각을 하는 것 자체가 낯설고 혼란스러웠다. 마르소는 부끄럽고 겁이 나서 일부러 멀찌감치 떨어져 있었다. 하지만 비올론 선생님은 아무렇지도 않게 마르소 곁으로 다가갔다. 바로 그때 유리창이 와장창 깨지는 소리가 들렸다.

모두의 시선이 소리가 나는 쪽으로 쏠렸다. 못생기고 사나워 보이는 홍당무의 얼굴이 보였다. 머리카락이 눈을 찌를 듯 헝클어진 채 하얀 이를 드러내며 으르렁거리는 모습이 우리에 갇힌 야생 동물 같았다. 홍당무는 깨진 유리 사이로 피가 줄줄 흐르는 주먹을 내밀며 비올론 선생님을 위협했다.

"바보 같은 녀석! 이제 속이 시원하냐?"

비올론 선생님이 말했다.

홍당무는 미친 듯이 사나운 눈초리로 비올론 선생님을 쏘아 보고는 다른 유리창을 깨뜨리며 소리쳤다.

"그러게, 왜 마르소한테만 뽀뽀를 해 주고 나한테는 안 해 줬어요?"

홍당무는 피가 흐르는 손을 얼굴에 문지르며 덧붙였다.

"보세요. 내 뺨도 이렇게 빨개질 수 있다고요!"

제 27 장
머릿니

펠릭스와 홍당무가 생 마르크 기숙 학교에서 돌아오자마자 르픽 부인은 가장 먼저 두 아들에게 발을 씻으라고 했다. 기숙사에 있는 삼 개월 동안 발을 씻지 않았기 때문이다. 학교 규칙 어디에도 학생들이 발을 씻어야 한다는 내용은 없었다.

"홍당무, 네 발은 보나마나 새까맣겠지!"

르픽 부인이 말했다.

르픽 부인의 말대로였다. 홍당무의 발은 형보다 더 시커멨다. 둘이 같은 기숙사에서 지내며 같은 음식을 먹고 같은 공기를 마셨는데 왜 그럴까? 물론 기숙사에서 삼 개월을 보내고 온 펠릭스의 발도 하얗지는 않았다. 하지만 홍당무의 발은 너무나 더러

위 스스로도 알아볼 수 없을 지경이었다.

홍당무는 창피해서 재빨리 물속에 발을 담갔다. 순식간에 양말을 벗어 던졌다. 아무도 눈치챌 수 없을 정도로 빠른 동작이었다. 그런데 펠릭스의 발이 이미 물통을 차지하고 있었다. 네 개의 발 위로 더러운 땟국물이 둥둥 떠다녔다.

르픽 씨는 평소와 다름없이 이쪽 창가에서 저쪽 창가를 왔다 갔다 하며 두 아들의 이번 학기 성적표를 보고 있었다. 특히 교장 선생님이 직접 쓴 글을 눈여겨 읽었다.

펠릭스의 성적표에는 다음과 같이 적혀 있었다.

성격이 차분하지 못하지만 머리는 영리함. 우수한 편.

홍당무의 성적표에는 이렇게 적혀 있었다.

자신이 원하면 충분히 특출한 학생이 될 수 있음. 그러나 하려고 하지 않음.

홍당무가 특출한 학생이 될 수 있다는 교장 선생님의 말에 가족들이 한바탕 웃음을 터뜨렸다. 그때 홍당무는 팔짱을 낀 채 두 팔을 무릎 위에 얹고 때를 불리고 있었다. 아빠와 엄마, 누나와 형까지도 자신을 보고 있다는 느낌이 들었다. 아닌 게 아니라 가족들은 모두 홍당무를 보고 있었다. 적갈색 머리가 길게 자라서 얼굴이 더 못생겨 보인다고 생각했다.

감정 표현이 서툰 르픽 씨는 홍당무가 집에 와서 반갑다는 표현을 귀찮게 하는 것으로 대신했다. 홍당무 옆을 지나가면서 그의 귀를 손가락으로 튕기는가 하면 팔꿈치로 슬쩍 밀기도 했다. 그럴 때마다 홍당무는 기분 좋게 받아들이며 활짝 웃었다.

르픽 씨는 덥수룩하게 자란 홍당무의 머리카락 사이에 손을 집어넣더니 손톱 끝으로 톡톡 소리를 내며 머릿니를 잡는 흉내를 냈다. 르픽 씨가 가장 좋아하는 장난이었다.

그런데 손을 넣자마자 진짜 머릿니를 잡았다.

"옳거니! 잡았다. 아무렴, 난 절대로 놓치는 법이 없지."

르픽 씨가 말했다.

그러면서도 약간 찝찝했는지 홍당무의 머리카락에 손가락을 쓱쓱 닦았다. 그 모습을 본 르픽 부인이 기겁을 하며 두 팔을 휘저었다.

"그럴 줄 알았다니까. 내가 못 살아! 에르네스틴, 얼른 가서 대야를 가져오너라. 어서! 이제부터 네가 할 일이 생겼다."

르픽 부인이 흥분해서 소리쳤다.

에르네스틴은 대야와 참빗, 그리고 식초가 담긴 그릇을 가지고 왔다. 본격적인 머릿니 사냥이 시작되었다.

"나부터 해 줘! 분명히 홍당무한테 이가 옮았을 거야."

펠릭스가 소리쳤다.

펠릭스는 머리를 박박 긁으며 머리에 부을 수 있도록 물 양동이를 가져다 달라고 성화를 해 댔다.

"조금만 참아, 펠릭스. 내가 안 아프게 해 줄게."

이런 일을 맡아 하기를 좋아하는 에르네스틴이 말했다.

에르네스틴은 펠릭스의 목에 수건을 두르더니 엄마처럼 능숙한 솜씨로 재주를 뽐냈다. 한쪽 손으로 머리카락을 가르며 다른 쪽 손으로 살살 빗질을 했다. 에르네스틴은 눈에 불을 켜고 이를 찾는 동안에도 한 번도 더럽다거나 징그러워하는 표정을 짓지 않았다.

에르네스틴이 "또 한 마리!"라고 외칠 때마다 펠릭스가 물통에 담근 발을 구르며 홍당무를 향해 주먹을 불끈 쥐어 보였다. 홍당무는 조용히 차례를 기다리고 있었다.

"이제 됐다, 펠릭스. 일고여덟 마리밖에 없었어. 세어 봐. 이제 홍당무는 몇 마리나 나오나 보자."

에르네스틴이 말했다.

딱 한 번 빗질을 했는데도 펠릭스보다 훨씬 더 많은 머릿니가 떨어졌다.

에르네스틴은 머릿니가 모여 사는 집을 건드린 줄 알았지만 실은 아무 데나 건드린 것뿐이었다. 그만큼 홍당무의 머리에는 이가 바글바글했다.

가족들이 홍당무를 에워쌌다. 에르네스틴은 바쁘게 빗질을 했다. 르픽 씨도 뒷짐을 지고 호기심 많은 손님처럼 지켜보았다. 르픽 부인은 어쩔 줄 몰라 하며 소리를 질러 댔다.

"어쩜! 아이고! 차라리 삽과 갈고리로 긁어모으는 게 낫겠다."

펠릭스는 쪼그리고 앉아서 머릿니가 떨어진 대야를 흔들어 댔다. 비듬도 같이 떨어져 물 위에 둥둥 떠다녔다.

머릿니들이 잘린 속눈썹처럼 작은 다리를 흔들었다. 대야가 흔들리는 대로 따라 움직이다가 식초 때문에 금세 죽어 버렸다.

르픽 부인 : 정말이지, 홍당무야, 난 널 도저히 이해할 수가 없 구나. 너도 이제 다 컸는데 부끄러운 게 뭔지는 알아야지. 집에 와서 더러운 발을 보여 주는 건 그렇다 치자. 머리에 서 자라는 이는 네 피를 빨아 먹는 거잖아! 이가 있으면 선생님이나 우리에게 봐 달라고 했어야지, 그런 말도 못 하니? 도대체 무슨 생각으로 내버려 둔 거냐? 어디 속 시 원하게 말 좀 해 봐라. 세상에! 머리 밑이 온통 피투성이네.

홍당무 : 빗질을 세게 해서 긁힌 거예요.

르픽 부인 : 뭐? 열심히 이를 잡아 준 누나에게 고맙다고는 못 할 망정 그게 할 말이니? 에르네스틴, 너도 들었지? 까다 로운 손님이 네 솜씨가 불만이라는구나. 당장 그만하렴. 홍당무 저 녀석은 머릿니에게 기꺼이 물어뜯기고 싶어 하

니까.

에르네스틴 : 오늘은 여기까지만 할게요, 엄마. 우선 통통하게 살찐 놈들은 잡았으니까 내일 한 번 더 해야겠어요. 오드 콜로뉴(알코올에 감귤류 향이 나는 천연 방향유를 배합해 만든 향수—옮긴이)를 머리에 뿌리는 것도 머릿니가 생기는 걸 막아 주는 방법이래요.

르픽 부인 : 홍당무, 넌 담 위에 대야를 올려놓고 오거라. 동네 사람들이 네 머릿니를 구경하면 너도 부끄러운 마음이 들겠지.

홍당무는 대야를 들고 밖으로 나가 햇볕이 드는 곳에 내려놓고 가까이에서 지켜보았다.

가장 먼저 다가온 사람은 마리 나네트 할머니였다. 할머니는 홍당무를 만날 때마다 걸음을 멈추고 근시인 작은 눈을 부라리며 심술궂게 쳐다보았다. 이번에도 검은 모자를 쓴 머리를 흔들며 홍당무에게 다가왔다.

"이게 뭐냐?"

할머니가 물었다.

홍당무는 대꾸하지 않았다. 그러자 할머니가 고개를 숙이고 대야를 들여다보았다.

"콩이냐? 이런, 보이지가 않는구나. 내 아들 피에르가 어서 안

경을 사 줘야 할 텐데."

그러더니 맛을 보려는 듯 손가락으로 이를 건드렸다. 그래도 여전히 알아차리지 못했다.

"그건 그렇고 넌 거기서 뭐하는 거냐? 뾰로통한 얼굴에 짜증 섞인 눈을 하고 있구나. 아, 벌을 받고 있는 중이니? 할머니 말 잘 들어라. 내가 너의 친할머니는 아니지만, 솔직히 말해서 너희 가족들은 너를 너무 괴롭히는 것 같구나."

홍당무는 엄마가 들을까 봐 눈치를 살피며 마리 나네트 할머니에게 대꾸했다.

"그래서요? 그게 할머니와 무슨 상관이에요? 할머니 일이나 잘 하세요. 제 일에 상관하지 마시고요."

제 28 장

브루투스처럼

르픽 씨 : 홍당무야, 작년에는 아빠가 기대했던 만큼 공부하
지 않았더구나. 성적표에는 분명 발전 가능성이 있다고 적
혀 있던데. 쓸데없는 상상이나 하고, 읽지 말라는 책만 읽
었겠지. 기억력이 좋아서 학과 성적은 꽤 양호하던데 숙제
를 게을리했더구나. 홍당무야, 앞으로 열심히 공부하렴.

홍당무 : 걱정 마세요, 아빠. 아빠 말씀처럼 제가 작년에는 열
심히 공부하지 않았어요. 하지만 이번에는 열심히 할 거
예요. 모든 과목에서 일등을 하겠다는 약속은 못 드리지
만요.

르픽 씨 : 그래도 최선을 다해 보렴.

홍당무 : 아빠, 제게 무리한 요구는 하지 말아 주세요. 지리, 독일어, 물리, 화학은 자신 없어요. 다른 과목은 못 해도 이 과목만큼은 뛰어난 애들이 두셋은 있거든요. 그 과목만 죽어라 파고들기 때문에 그런 애들은 이길 수가 없어요.

　　아빠, 저는요, 작문에서는 일등 자리를 뺏기지 않을 거예요. 노력해도 일등을 못 한다면 어쩔 수 없지만, 적어도 후회는 하지 않겠죠. 그러면 전 브루투스(독재자였던 카이사르를 살해한 로마의 장군. 기원전 42년 필리피 전투에서 패배했을 때 "오, 미덕이여! 그대는 이름뿐이로구나."라고 말하며 자결했다.─옮긴이)처럼 자신 있게 외칠 거예요.

　　오, 미덕이여! 그대는 이름뿐이로구나.

르픽 씨 : 그래! 네가 잘 해낼 것 같구나.

펠릭스 : 아빠, 홍당무가 뭐라고 한 거예요?

에르네스틴 : 저도 못 들었어요.

르픽 부인 : 나도 못 들었어. 홍당무야, 다시 말해 봐라.

홍당무 : 아, 별것 아니에요, 엄마.

르픽 부인 : 뭐라고? 별것 아닌데 얼굴이 새빨개져서 주먹을 하늘로 치켜들고 그렇게 큰 소리를 낸 거냐? 우리도 들어 보게 마지막 말을 다시 해 보라니까.

홍당무 : 다시 들을 필요 없어요, 엄마.

르픽 부인 : 아니야. 네가 방금 누구를 흉내 낸 거잖아. 누구라

고?

홍당무 : 엄마는 모르실 거예요.

르픽 부인 : 그러니까 더 들어 보고 싶구나. 똑똑한 척 그만하고 시키는 대로 해 봐.

홍당무 : 좋아요, 엄마. 아빠가 저에게 충고를 해 주셔서 이야기를 하다가 그 말이 생각났던 것뿐이에요. 아빠에게 감사하는 마음을 전하고 싶어서 약속을 했어요. 고대 로마 시대에 살았던 브루투스라는 장군이 말한 미덕을 내세우면서…….

르픽 부인 : 군말이 왜 그렇게 많니? 아까 한 걸 큰 소리로 외쳐 보란 말이야. 힘든 일을 시키는 것도 아니잖아. 엄마를 위해 그 정도도 못 해 주니?

펠릭스 : 엄마, 제가 해 볼까요?

르픽 부인 : 아니야, 홍당무가 한 다음에 네가 하렴. 그래야 비교를 해 보지. 자, 어서 해 봐, 홍당무.

홍당무 : (금방이라도 울 것 같은 목소리로 더듬거리며) 미, 미덕이여, 그, 그대는……이……름……뿐이로구나.

르픽 부인 : 정말 실망이야. 저 녀석은 도대체 제대로 하는 게 하나도 없어. 엄마를 기쁘게 해 주기는커녕 매 맞을 짓만 골라서 한다니까.

펠릭스 : 엄마, 홍당무가 이렇게 말했어요.

(눈을 이리저리 굴리며 도전적인 눈빛으로) "작문에서 일등을 못 하면 (양쪽 볼을 한껏 부풀리고 발을 구르면서) 브루투스처럼 외치겠어요. (팔을 위로 들어 올리며) 오, 미덕이여! (다시 팔을 허벅지 옆으로 떨어뜨리며) 그대는 이름뿐이로구나."

이게 홍당무가 한 말이에요.

르픽 부인 : 멋지구나! 홍당무, 네가 그런 말을 했다니 대단한 걸. 흉내를 내는 건 진짜보다 못할 텐데. 네가 안 하려고 고집을 피워서 유감이구나.

펠릭스 : 홍당무야, 그 말을 한 사람이 브루투스가 맞아? 카토 아니야?

홍당무 : 브루투스가 한 말이야. 그 말을 하고 나서 친구의 칼에 몸을 던져 자살했어.

에르네스틴 : 홍당무 말이 맞아요. 브루투스 장군은 일부러 미친 척해서 지팡이 속에 금을 숨긴 적도 있대요.

홍당무 : 누나, 미안하지만 잘못 알고 있는 거야. 내가 말하는 브루투스는 다른 브루투스야.

에르네스틴 : 난 그렇게 알고 있는데. 역사 시간에 소피 선생님이 적어 준 내용에도 그렇게 적혀 있었어. 너희 학교 선생님만큼 훌륭한 분인데.

르픽 부인 : 그런 건 별로 중요하지 않아. 중요한 건 우리 가문에도 브루투스 같은 인물이 생겼다는 거야. 홍당무 덕분

에 사람들이 우리를 부러워하겠구나. 우리 집에도 이런 영광스러운 일이 있을 줄은 몰랐네.

새로운 브루투스의 탄생을 찬양해야겠어. 하긴 주교님들도 라틴 어를 유창하게 하지만 귀머거리들을 위해 한 번 더 말씀해 주시지는 않지.

어디 얼굴 좀 보게 뒤로 돌아 보렴. 오늘 갈아입은 윗도리에 벌써 얼룩이 묻어 있구나. 뒤에서 보니 바지가 찢어져 있고. 도대체 어디에서 처박혀 있다가 온 거니? 홍당무 브루투스의 꼴 좀 봐라. 지저분한 녀석, 당장 꺼져!

제 29 장
편 지

홍당무가 생 마르크 기숙 학교에서 르픽 씨에게 보낸 편지와 르픽 씨가 집에서 홍당무에게 보낸 답장 중에서 고른 편지들.

사랑하는 아빠에게,

방학 동안 아빠와 함께 낚시했던 생각을 하면 지금도 마음이 설레요. 얼마 전에 허벅지에 커다란 종기가 나서 지금 침대에 누워 있어요. 똑바로 누워 있으면 간호사 누나가 와서 종기가 난 곳에 찜질을 해 줘요. 종기가 곪아 터지면 아프긴 하겠지만, 그래도 터지고 나면 금방 낫겠죠. 문제는 종기가 병아리들처럼 떼를 지어 다니면서 늘어난다는 거예요. 하나가 아물면 다른 곳에 세 개가 연달아 나거든요. 하지만 별일은 아닐 거라고 생각해요.

—아빠를 사랑하는 아들 올림

* * *

사랑하는 홍당무에게,

네가 첫 영성체를 준비하면서 교리 교육을 받고 있으니 하는 말
인데, 종기 때문에 고통받는 인간은 너뿐만이 아니란다. 예수는 손
발에 못이 박혔지만 불평하지 않으셨어. (프랑스 어로 '종기'와 '못'은
동음이의어이다.—옮긴이) 진짜 못이 박혔는데도 말이야.

기운 내거라!

—널 사랑하는 아빠가

* * *

사랑하는 아빠,

기쁜 소식을 들려 드릴게요. 새 이가 나기 시작했어요. 아직 사랑
니가 나올 나이는 아닌 것 같은데 일찍 나왔나 봐요. 나머지도 어서
나왔으면 좋겠어요. 늘 바른 행동을 하는 사람이 될게요. 학교생활
도 열심히 해서 아빠에게 자랑스러운 아들이 되고 싶어요.

—아빠의 귀염둥이 아들 올림

* * *

사랑하는 홍당무에게,

너에게 새 이가 나올 때쯤에 아빠는 이 하나가 흔들리기 시작했단다. 결국 어제 아침에 빠져 버렸어. 너는 새 이를 갖게 되었지만 아빠는 이 하나를 잃었구나. 그래서 우리 가족의 이 개수에는 변함이 없네.

— 널 사랑하는 아빠가

* * *

사랑하는 아빠,

어제는 라틴 어를 가르치는 자크 선생님의 생신이었어요. 그런데 반 아이들이 전체를 대표해서 축하 인사를 낭독할 사람으로 절 뽑았답니다. 전 영광스럽게 생각하고 중간에 라틴 어 인용문도 몇 구절 넣어서 꽤 긴 축사를 준비했어요. 솔직히 제가 보기에도 아주 만족스러웠지요. 저는 축사를 빳빳하고 큰 종이에 또박또박 옮겨 적었어요. 드디어 라틴 어 시간이 되었고, 아이들이 "지금이야. 어서 빨리 읽어!" 하고 저에게 말했어요. 저는 자크 선생님이 보시지 않는 틈을 타서 잽싸게 교탁 앞으로 나갔어요. 제가 종이를 펴고 힘찬 목소리로 "존경하는 선생님."이라고 말하려는 찰나, 선생님이 화를 내며 소리치셨어요.

"당장 네 자리로 돌아가!"

제가 얼마나 빠르게 도망치듯 자리로 돌아왔는지 상상할 수 있으시겠어요? 반 아이들은 모두 책으로 얼굴을 가렸고, 자크 선생님은 성난 목소리로 저에게 말씀하셨어요.

"홍당무, 다음 구절을 해석해 보거라."

사랑하는 아빠, 이 일을 어떻게 생각하세요?

* * *

사랑하는 홍당무에게,

만약 네가 시장이 된다면 그런 일을 더 많이 당하게 될 거야. 사람은 각자 자신이 맡은 역할이라는 게 있단다. 선생님은 수업을 하기 위해 교단에 서는 사람이야. 네가 하는 말을 듣기 위해 그곳에 있는 게 아니란다.

* * *

사랑하는 아빠,

역사와 지리를 가르치시는 르그리 선생님께 아빠가 주신 토끼를 드렸어요. 선생님이 무척 좋아하셨어요. 아빠에게 진심으로 감사하다고 전해 달래요. 제가 깜빡 잊고 젖은 우산을 들고 방에 들어갔더니, 선생님이 제 우산을 낚아채 현관에 놓으셨어요. 그래도 그날 선생님과 많은 이야기를 나눴어요. 선생님은 제가 하려고 마음만 먹으면 이번 학기에 역사와 지리 과목에서 우등상을 받을 수 있을 거라고 하셨어요. 그런데 선생님과 이야기하는 동안 저는 계속 서 있어야 했어요. 그것만 빼면 르그리 선생님은 굉장히 친절하셨어요. 의자에 앉으라는 말을 왜 하지 않으셨을까요?

까먹으신 걸까요, 예의를 모르시는 걸까요? 저는 정말 모르겠어요. 사랑하는 아빠, 아빠의 생각이 궁금해요.

* * *

사랑하는 홍당무에게,

너는 언제나 불평만 많구나. 자크 선생님이 널더러 자리에 앉으라고 했다고 투덜대더니, 이번에는 르그리 선생님이 앉으라고 하지 않았다고 투덜대니 말이다. 선생님에게 예의를 지켜 달라고 요구하기에 넌 아직 어린 것 같구나. 르그리 선생님이 네게 앉으라고 권하지 않으신 건, 그럴 수도 있다고 이해하고 넘어가렴. 어쩌면 네가 너무 작아서 의자에 이미 앉아 있다고 착각하셨을지도 몰라.

* * *

   사랑하는 아빠,

   아빠가 파리에 가신다는 소식을 들었어요. 저도 따라가서 아빠와 즐거운 시간을 보내고 싶어요. 제 마음은 늘 아빠 곁에 있을 거예요. 학교 수업 때문에 아빠를 따라갈 수는 없지만 부탁드리고 싶은 게 있어요. 파리에서 책을 한두 권 정도 사다 주세요. 지금 가지고 있는 책들은 하도 많이 읽어서 다 외울 정도거든요. 어떤 책이든 상관없어요. 모든 책은 저마다 쓸모가 있으니까요. 그래도 특별히 언급하자면 프랑수아 마리 아루에 드 볼테르가 쓴 《앙리아드》나 장 자크 루소의 《누벨 엘로이즈》를 읽고 싶어요. 아빠가 사다 주신다면(파리에서는 책이 별로 비싸지 않겠죠?) 사감 선생님한테 그 책들을 절대 빼앗기지 않을 자신 있어요.

* * *

   사랑하는 홍당무에게,

   네가 말한 작가들은 결국은 너나 나와 똑같은 인간이란다. 그러니 그들이 한 일은 너도 할 수 있단다. 네가 직접 책을 써 보렴. 그리고 그걸 읽으면 되잖니?

* * *

사랑하는 홍당무에게,

오늘 아침에 네 편지를 받고 깜짝 놀랐단다. 여러 번 읽어 보았지만 무슨 말인지 도무지 이해할 수가 없었어. 문체가 평소와 많이 다른 데다가 너와 나의 관심사와는 전혀 상관없는 이상한 얘기만 늘어놓았더구나.

평소에는 소소한 일상을 얘기해 주었는데 말이야. 몇 등을 했는지, 선생님들에게서 발견한 장점과 단점, 새로 사귄 친구의 이름, 네 속옷 상태는 어떤지, 잠은 잘 자는지, 밥은 잘 먹는지 같은 거 말이다. 그런 얘기들이 훨씬 재미있었단다.

하지만 오늘 받은 편지는 도통 이해가 가지 않아.

한겨울에 왜 봄 얘기를 쓴 거니? 대체 무슨 말이 하고 싶은 거니? 코까지 꽁꽁 감쌀 목도리가 필요하니?

편지에 날짜도 안 쓰고 받는 사람 이름도 안 썼네. 도대체 나한테 보낸 건지, 사냥개 피람한테 보낸 건지 알 수가 없구나. 게다가 글씨체도 바뀐 것 같더구나. 문장의 배열 방식도 그렇고. 대문자는 왜 그리 자주 쓴 건지, 읽으면서 정말이지 어리둥절했다. 일부러 나를 놀리려고 작정하고 쓴 것 같았어. 장난친 것으로 생각하고 크게 꾸짖을 마음은 없지만 그래도 주의는 주어야 할 것 같구나.

* * *

사랑하는 아빠,

지난번 편지에 대해 해명을 해야 할 것 같아서 급하게 몇 자 적습
니다. 아빠가 미처 알아차리지 못하셨나 본데 그건 '시'였어요.

제 30 장
헛 간

작은 헛간에는 원래 암탉들이 살았다. 그 뒤로 토끼와 돼지들이 차례로 살았지만 지금은 텅 비어 있었다. 그래서 방학 동안에는 홍당무의 차지가 되었다.

드나들기도 아주 쉬웠다. 헛간 문짝이 아예 떨어져 나가고 없었기 때문이다.

문턱에는 기다란 쐐기풀이 뾰족하게 돋아나 있었다. 바닥에 엎드려서 이 풀들을 바라보면 꼭 숲에 있는 기분이 들었다. 헛간의 바닥에는 미세한 먼지가 얕게 깔려 있었다. 벽은 습기에 젖어 번들거렸고, 천장은 홍당무의 머리가 살짝 스칠 정도로 낮았다.

홍당무는 헛간에 있으면 마음이 편안했다. 자유롭게 상상의 날개를 펼 수 있어서 장난감 같은 게 오히려 거추장스러울 정도였다.

홍당무가 가장 좋아하는 놀이는 헛간의 네 모퉁이에 엉덩이로 둥지를 만드는 일이었다. 홍당무는 손으로 흙먼지를 긁어모아 푹신하게 만든 다음 그 위에 편안히 앉았다.

매끈한 벽에 등을 기대고 무릎을 세운 뒤 양팔로 다리를 감싼 채 최소한의 자리만 차지하고 웅크려 앉아 있으면 매우 아늑하고 편안했다. 이보다 더 좋을 수가 없었다. 바깥세상을 까맣게 잊을 수도 있었고, 아무것도 무섭지 않았다. 요란한 천둥소리만 아니면 두려울 게 없었다.

멀지 않은 곳에 개수대 구멍이 있어서 가끔씩 설거지물이 흘러가는 소리가 들렸다. 소나기가 내리는 것처럼 시끄러운 소리를 내면서 물살이 시원한 바람을 일으켰다.

갑자기 어디선가 소리가 들려왔다.

홍당무의 이름을 부르는 소리가 점점 가까워지더니 발소리도 크게 들렸다.

"홍당무! 홍당무야?"

얼굴 하나가 불쑥 나타났다.

홍당무는 공처럼 몸을 웅크린 채 바닥과 벽에 몸을 바짝 붙였다. 입을 크게 벌리고 숨소리를 내지 않았다. 눈도 깜박거리지 않았다. 어둠 속을 샅샅이 훑는 눈빛이 느껴졌다.

"홍당무, 너 여기 있니?"

관자놀이가 쿵쿵 뛰었다. 고통스러웠다. 숨이 막혀 금방이라도 비명을 지를 뻔했다.

"여기 없나 보네, 쥐새끼 같은 놈. 말썽쟁이 녀석이 어디를 간 거야?"

발소리가 점점 멀어지자 홍당무는 몸을 펴고 편하게 앉았다. 그러고는 다시 혼자만의 생각에 빠져들었다.

그때 다시 부산스러운 소리가 들렸다. 날파리 한 마리가 천장에 있는 거미줄에 걸려 몸부림을 치고 있었다. 거미가 줄을 따라 슬그머니 내려왔다. 거미의 배는 보드라운 빵의 속살처럼 하얀색이었다. 거미는 불안한 듯 몸을 웅크린 채 가만히 매달려 있었다.

홍당무는 엉덩이를 살짝 들고 숨을 죽이며 거미를 관찰했다. 마침내 거미가 먹잇감에게 덤벼들었다. 다리로 날파리의 몸을 죄기 시작하자, 홍당무는 거미에게 자기 몫을 내놓으라는 듯 흥분해서 벌떡 일어났다.

그러나 그 뒤로 아무 일도 일어나지 않았다.

거미는 다시 줄을 타고 올라갔다. 홍당무는 자리에 앉아 또다시 자기만의 세계로 빠져들어 어두컴컴한 영혼의 세계로 되돌아갔다.

홍당무의 공상은 모래에 막힌 가는 물줄기처럼 더 이상 흘러가지 못하고 끊겨 버렸다. 이내 작은 웅덩이를 이루고는 고인 채로 죽고 말았다.

제 31 장
고양이

1

홍당무는 가재를 잡을 때 고양이 고기보다 더 좋은 것이 없다
는 말을 어디선가 들었다. 닭 내장이나 정육점에서 나온 고기
찌꺼기보다 고양이 고기가 훨씬 효과적이라고 했다.

때마침 홍당무는 집 없는 고양이 한 마리를 알고 있었다. 늙고
병이 든 데다 여기저기에서 털이 빠져 구박을 받는 고양이였다.
홍당무는 우유 한 접시로 고양이를 유인해 헛간으로 끌어들였
다. 헛간에는 고양이와 홍당무, 단둘뿐이었다.

쥐 한 마리가 갑자기 벽 틈에서 나올 수도 있었지만, 홍당무는

일단 우유 한 접시만 대접하기로 했다. 홍당무는 우유를 한쪽 구석에 놓았다.

"맛있게 먹어."

홍당무는 고양이의 등을 쓰다듬으며 다정하게 이름까지 불러 주었다. 혀를 날름거리며 우유를 먹는 고양이가 갑자기 불쌍해 보였다.

"불쌍한 녀석, 곧 죽을 텐데 이 시간을 실컷 즐겨."

고양이는 우유를 다 먹고 바닥과 가장자리까지 깨끗하게 핥았다. 그러고는 우유가 묻은 입 주변도 핥아 댔다.

"다 먹었어? 배부르니?"

홍당무가 고양이의 등을 계속 쓰다듬으며 물었다.

"더 먹고 싶겠지만 내가 가지고 온 우유는 이게 다야. 더 먹는다고 뭐가 달라지겠니? 어차피 조금 빠르냐 늦냐의 차이만 있을 뿐이지."

홍당무는 말을 마치는 동시에 고양이 이마에 대고 엽총의 방아쇠를 당겼다. 총소리가 너무 커서 귀가 먹먹했다. 헛간이 통째로 날아가는 게 아닌가 싶을 정도로 큰 소리가 났다. 연기가 걷히자 발밑에 쓰러진 고양이가 보였다. 한쪽 눈을 뜬 채 홍당무를 쏘아보고 있었다.

고양이 머리의 반이 날아가 버렸고, 우유 접시에는 피가 흘러 내렸다.

"이럴 수가! 완전히 죽지 않았어. 제길, 정확히 겨누었는데."

홍당무는 몸을 움직일 수가 없었다. 노란 빛깔의 고양이 눈을 보니 심장이 벌렁거렸다.

고양이는 몸을 부르르 떨며 아직 죽지 않았다는 것을 보여 주었다. 하지만 몸을 움직이지는 못했다. 일부러 피를 바닥이 아니라 접시 안에만 흘린 것 같았다.

홍당무가 총을 처음 쏴 본 것은 아니었다. 재미 삼아 혹은 다른 사람을 도와 들새나 가축, 개를 죽인 적도 있었다. 그래서 이럴 때는 어떻게 해야 하는지 잘 알고 있었다. 짐승이 죽지 않고 버틸 때는 서둘러 끝내야 했다. 서로 몸싸움을 벌일 각오로 마지막 숨통을 끊어 놓아야 했다. 그렇지 않으면 동정심에 사로잡혀 고민만 하다가 적절한 때를 놓치게 되어 일을 그르치기 십상이었다.

홍당무는 일단 조심스럽게 고양이를 툭 건드려 보았다. 그러고 나서 고양이 꼬리를 잡고 엽총으로 목덜미를 세게 내리쳤다. 내리칠 때마다 이번이 마지막이라고 생각했다.

죽어 가는 고양이가 바동거리며 허공에 대고 헛발길질을 했다. 고양이는 몸을 동그랗게 웅크렸다가 다시 쭉 뻗었다. 하지만 아무 소리도 내지 않았다.

"고양이가 죽을 때 큰 소리로 운다고 누가 그런 거야?"

홍당무는 초조해졌다. 시간이 너무 오래 걸렸다.

엽총을 집어 던지고 두 팔로 고양이를 끌어안았다. 고양이의 발톱이 살갗으로 파고들자 더욱 흥분해서 이를 악물고 팔의 힘줄이 튀어나올 정도로 세게 고양이의 목을 졸랐다.

홍당무는 제대로 숨을 쉴 수가 없었다. 온몸의 힘이 쭉 빠져 비틀거리며 바닥에 털썩 주저앉았다. 그리고 하나밖에 없는 고양이의 눈을 쏘아보았다.

2

홍당무는 침대에 누워 있었다.

홍당무가 쓰러졌다는 소식을 듣고 가족들이 황급히 헛간으로 달려갔다. 가족들과 이웃 사람들은 천장이 낮은 헛간에 허리를 굽히고 들어가 끔찍한 사건 현장을 보고 말았다.

르픽 부인이 말했다.

"세상에, 으스러진 고양이를 어찌나 꼭 끌어안고 있던지 떼어 내느라 고생했어요. 정작 엄마인 나는 한 번도 그렇게 안아 준 적이 없었으면서 말이에요."

홍당무의 잔인한 면모를 보여 준 이 사건은 나중에 가문의 전설로 남게 될 것이라고 덧붙였다. 르픽 부인이 그 사건에 대해 설명하는 동안, 홍당무는 자면서 꿈을 꾸고 있었다.

홍당무는 냇가를 거닐고 있었다. 냇물에 비친 달빛이 흔들렸다. 그 모습이 여러 개의 뜨개질바늘들이 엇갈려 있는 것처럼 보였다.

작은 그물에 걸려 있던 고양이의 살점이 투명한 물에 환히 드러났다.

들판에는 우윳빛의 뿌연 안개가 낮게 깔려 있었다. 마치 유령들이 안개 속에 숨어 떠다니는 것 같았다. 홍당무는 유령 따위는 무섭지 않다는 듯 태연하게 뒷짐을 지고 있었다.

갑자기 황소 한 마리가 나타나 홍당무 앞에 멈추더니 콧김을 내뿜고는 달아났다. 황소의 발굽 소리가 하늘로 울려 퍼졌다가 이내 조용해졌다.

냇물이 수다쟁이처럼 요란한 소리를 내고 있어서 신경이 거슬렸다. 냇물 소리뿐인데도 할머니 여럿이 모여 떠드는 것처럼 시끄러웠다.

홍당무는 물속에 있는 작은 그물의 손잡이를 잡고 천천히 들어 올렸다. 마치 냇물에게 조용히 하라고 주의라도 주는 듯이. 바로 그때, 갈대밭 한가운데에서 큼지막한 가재들이 나타났다.

가재들의 수가 점점 늘어났다. 번쩍거리는 몸을 꼿꼿이 세우며 가재들이 하나둘 물 밖으로 나왔다.

홍당무는 너무 무서워 도망칠 수조차 없었다.

가재들이 홍당무를 에워쌌다.

가재들이 홍당무의 목으로 부지런히 기어올랐다.

가재들이 집게발로 딸각딸각 소리를 냈다.

가재들이 큰 집게발을 활짝 벌리며 홍당무에게 달려들었다.

제 32 장

새끼 양

홍당무는 여러 개의 공들이 펄쩍펄쩍 튀는 것이라고 생각했다. 그런데 그 공들이 뒤죽박죽 섞이더니 귀가 먹먹해질 정도로 크게 비명을 지르는 게 아닌가! 마치 학교 운동장에서 신 나게 뛰어노는 아이들 소리 같았다. 갑자기 공 하나가 홍당무의 다리 쪽으로 뛰어들었다. 홍당무는 움찔했다. 또 다른 공 하나가 햇빛이 쏟아지는 들창 쪽으로 펄쩍 뛰어올랐다. 그것은 공이 아니라 바로 새끼 양들이었다.

홍당무는 괜히 겁을 먹었다고 생각하며 피식 웃었다. 어둠에 익숙해지자 차츰 양들이 또렷이 보였다.

양들이 새끼를 낳는 시기가 되었다. 농장 주인인 파졸 씨는 아침마다 양이 두세 마리는 기본으로 늘어난다고 했다.

새끼 양들은 어미 양들 사이를 비집고 다녔다. 뻣뻣한 네 다리를 후들후들 떨며 겨우 바닥을 딛고 일어섰다. 새끼 양들의 다리는 마치 동상을 받치는 네 개의 나무토막처럼 약해 보였다.

홍당무는 새끼 양들을 쓰다듬어 줄 엄두가 나지 않았다. 오히려 양들이 대담하게 홍당무에게 다가왔다. 홍당무의 신발을 핥거나 입에 풀을 가득 문 채로 홍당무의 발 위에 앞발을 올려놓기도 했다.

태어난 지 일주일쯤 된 양들은 제법 다리에 힘을 주고 몸을 폈다. 하지만 여전히 지그재그로 걸었다. 그날 갓 태어난 빼빼 마른 새끼 양도 있었다. 새끼 양은 바닥에 주저앉았다가 벌떡 일어서는 데 성공했지만 금세 다시 무릎을 꿇었다. 그렇게 제대로 일어서지도 못하고 땅바닥에 널브러져 있었다. 어미 양이 핥아 주지 않아 몸이 끈적끈적했다. 어미 양은 양수에 붙은 채 흔들흔들 매달려 있는 태반이 거추장스러운지 머리로 새끼 양을 밀쳐 냈다.

"나쁜 어미구나!"

홍당무가 말했다.

"짐승도 사람이랑 다를 바 없어."

파졸 씨가 말했다.

"저 어미는 새끼를 유모에게 맡기고 싶은가 봐요."

"그럴지도 몰라. 새끼가 한 마리 이상이면 새끼 양에게 젖병을 물려 줘야 해. 약국에서 파는 젖병 말이야. 하지만 어미 양이 계속 그러지는 않아. 나중에는 새끼를 가엾게 여기니까. 게다가 새끼도 젖을 달라고 어미를 보채고."

파졸 씨는 어미 양을 잡아 우리 안에 넣었다. 양이 우리에서 도망치면 알아볼 수 있도록 목에 새끼줄을 묶어 놓았다. 새끼 양은 어미 뒤를 졸졸 따라다녔다.

어미 양은 날카로운 울음소리를 내며 풀을 뜯어 먹었다. 새끼 양은 약한 다리를 덜덜 떨면서 간신히 일어나 양수가 잔뜩 묻은 입으로 어미의 젖을 빨아 보려고 애썼다. 그 모습이 무척 애처로워 보였다.

"어미 양에게도 모성애가 있겠죠?"

홍당무가 물었다.

"그럼. 몸이 회복되면 새끼를 챙기게 될 거야. 지금은 새끼 양을 낳느라 고생해서 무척 힘들거든."

"궁금한 점이 있는데요. 새끼를 다른 어미 양에게 잠깐이라도 맡기면 안 되나요?"

"다른 어미는 돌봐 주려고 하지 않아."

그때 우리 구석에서 어미 양들이 일제히 매애 하고 울면서 새끼들에게 젖을 줄 시간이 되었다는 신호를 보냈다. 홍당무의 귀에는 어미 양들의 소리가 다 똑같이 들렸지만, 새끼 양들은 어미의 소리를 구별하는지 조금도 망설이지 않고 제 어미를 향해 걸어갔다.

"이곳에서는 새끼를 훔치는 어미는 있을 수가 없단다."

파졸 씨가 말했다.

"참 신기해요. 저런 털 뭉치 같은 녀석들에게도 가족을 알아보는 본능이 있다니. 어떻게 제 어미를 알고 찾아가는 걸까요? 코가 예민해서 그런 건가요?"

홍당무는 자기 생각이 맞는지 확인해 보기 위해 새끼 양의 코를 막아 보고 싶은 충동을 느꼈다.

홍당무는 진지하게 사람과 양을 비교했다. 그러자 새끼 양들의 이름을 하나하나 알고 싶어졌다.

새끼 양들이 열심히 젖을 빠는 동안 어미 양들은 새끼에게 옆구리를 툭툭 받히면서도 개의치 않고 한가로이 풀을 먹었다. 여물통의 물속에는 쇠사슬 조각과 수레바퀴 살, 낡은 삽이 너저분하게 담겨 있었다.

"여물통이 이렇게 깨끗할 수가! 이 쇠붙이들은 양들의 건강을 지키기 위해 넣은 건가요?"

홍당무가 장난스럽게 물었다.

"바로 그거지. 너도 알약을 먹잖아."

파졸 씨는 홍당무에게 여물통의 물을 마셔 보라고 권했다. 그러고는 물의 영양가를 더 높이겠다면서 이것저것 가리지 않고 손에 집히는 대로 물속에 집어넣었다.

"진드기 한 마리 잡아 줄까?"

파졸 씨가 물었다.

"네, 좋아요. 고맙습니다."

홍당무는 그 말이 무슨 뜻인지도 모르면서 대답했다.

파졸 씨는 어미 양의 덥수룩한 털을 헤집더니 금세 노란 진드기를 손톱 끝으로 잡았다. 피를 많이 빨아 먹어서 통통하게 살이 올라 있었다. 파졸 씨는 이 정도 크기의 진드기 두 마리면 어린애 머리 정도는 자두를 먹듯이 먹어 치울 수 있다고 말했다.

파졸 씨는 진드기를 홍당무의 손바닥에 놓으면서 형이나 누나를 놀려 주거나 장난을 치고 싶으면 목이나 머리 위에 몰래 올려놓으라고 일러 주었다.

진드기는 벌써 홍당무의 손을 물어뜯고 있었다. 유리 가루를 만진 것처럼 손가락이 따끔했다. 그러다 손목이 따끔거렸고 그 다음에는 팔꿈치까지 아팠다. 진드기가 점점 늘어나 어깨까지 기어 올라와 팔 전체를 야금야금 갉아 먹는 것 같았다.

홍당무는 아쉽긴 했지만 진드기를 눌러서 죽여 버렸다. 그리고는 파졸 씨가 보지 않는 틈을 타서 어미 양의 등에 손을 박박 문질렀다. 파졸 씨에게는 진드기를 잃어버렸다고 말할 작정이었다.

홍당무는 차츰 잦아드는 양들의 울음소리에 귀를 기울였다.

이제 건초를 잘근잘근 씹어 턱이 움직이는 소리만 들렸다.

연장 받침대에 걸려 있는 빛바랜 낡은 줄무늬 외투가 홀로 외로이 양들을 지켜 주고 있는 듯 보였다.

제 33 장
대 부

르픽 부인은 홍당무가 가끔 대부를 만나러 가는 것을 허락해
주었다. 심지어 대부의 집에서 자고 올 수도 있었다. 대부는 무
뚝뚝한 노인이었다. 낚시를 하거나 포도밭을 가꾸며 여생을 홀
로 보내고 있었다. 대부는 아무도 사랑하지 않았지만 홍당무만
큼은 예외였다.

"왔구나, 요 귀여운 녀석!"

대부가 홍당무를 반갑게 맞이했다.

"네, 할아버지. 제 낚싯대도 준비해 두셨죠?"

홍당무는 대부의 볼에 뽀뽀도 하지 않고 대뜸 물었다.

"하나로 둘이 같이 써도 충분하단다."

그러나 헛간 문을 열었을 때 홍당무의 낚싯대도 이미 준비되어 있었다. 대부는 늘 이런 식으로 홍당무를 놀렸다. 홍당무는 그런 할아버지를 잘 알고 있었기 때문에 화를 내지는 않았다. 둘은 허물없는 사이여서 그런 장난 때문에 관계가 틀어질 일은 없었다. 한마디로 대부가 "그래."라고 말하는 것은 "아니야."라는 뜻이었고, "아니야."라고 하면 "그래."라는 뜻이었다. 그것만 기억하고 있으면 아무 문제가 없었다.

홍당무는 늘 이렇게 생각했다.

'할아버지가 즐거우시면 나는 아무래도 상관없어.'

그래서 둘은 지금까지 사이가 좋았다.

대부는 일주일치 식사를 한꺼번에 준비하는 습관이 있었다. 그런데 오늘은 홍당무를 위해 신선한 돼지비계와 강낭콩을 큰 냄비에 넣어 끓였다. 그리고 하루를 시작하기 전에 숙성이 잘된 포도주 한 잔을 마시게 했다.

그런 다음 둘은 낚시를 하러 갔다.

대부는 강가에 앉아 낚싯줄을 능숙하게 풀었다. 그러고는 낚싯대가 움직이지 않도록 무거운 돌로 받쳐 놓았는데, 커다란 물고기만 낚아 올렸다. 대부는 잡은 물고기를 어린애 감싸듯 수건으로 돌돌 말아 서늘한 곳에 두었다. 대부가 말했다.

"찌가 세 번 물속에 들어갔다 올라오기 전까지는 절대 낚싯대를 들어 올리면 안 돼."

홍당무 : 왜 하필 세 번이에요?

대　부 : 첫 번째는 별것 아니야. 물고기가 한번 건드려 보는 걸 수도 있어. 두 번째부터는 긴장해야 돼. 미끼를 삼켰다는 뜻이니까. 세 번째는 물고기가 확실히 걸린 거란다. 도망치고 싶어도 그럴 수가 없거든. 그때 당겨야 실패하지 않지.

홍당무는 모래무지를 낚시할 때가 가장 좋았다. 신발을 벗고 강으로 들어가 발로 모랫바닥을 휘저으면 부옇게 흙탕물이 일었다. 그러면 어리석은 모래무지들이 모습을 드러냈다.

홍당무가 낚싯대를 던질 때마다 한 마리씩 잡을 수 있었다.

"열여섯, 열일곱, 열여덟……!"

대부에게 잡았다고 소리치는 와중에도 모래무지는 줄줄이 모여들었다.

태양이 정수리 위를 내리쬘 때쯤 대부와 홍당무는 점심을 먹으러 집으로 돌아갔다. 대부가 홍당무에게 강낭콩을 가득 덜어 주며 말했다.

"이렇게 맛있는 요리는 세상에 없을 거다. 콩은 푹 삶아 먹는 게 좋아. 흐물흐물해질 때까지. 딱딱한 콩은 자고새 날개에 박힌 총알처럼 단단하지. 그걸 먹을 바에야 차라리 곡괭이를 씹어 먹는 편이 나을지도 몰라."

홍당무 : 콩이 정말로 부드러워요. 엄마가 해 주시는 콩 요리
도 괜찮지만 이것만큼 맛있지는 않아요. 엄마가 크림을
아껴 넣어서 그럴 거예요.

대 부 : 귀염둥이 녀석, 네가 맛있게 먹어 주니 기분 좋구나.
엄마 앞에서는 배불리 먹지도 못하지?

홍당무 : 그건 엄마의 식욕에 달려 있어요. 엄마가 배고프면
저도 많이 먹을 수 있어요. 엄마가 음식을 덜 때 저한테도
더 덜어 주니까요. 하지만 엄마가 식사를 마치면 저는 더
먹고 싶어도 참아야 해요.

대 부 : 바보 같은 녀석아, 그럴 땐 더 달라고 말을 해야지!

홍당무 : 말이야 쉽죠. 그렇게 하느니 차라리 배가 고픈 편이
더 나아요.

대 부 : 나는 자식이 없지만, 원숭이가 내 자식이라면 엉덩
이라도 핥아 줄 수 있을 거다. 무슨 말인지 알겠냐?

　두 사람은 남은 시간을 포도밭에서 보냈다. 홍당무는 대부를
졸졸 따라다니며 대부가 곡괭이질을 하는 모습을 바라보거나,
잘라 놓은 포도 덩굴 다발 위에 누워 하늘을 바라보며 버드나무
의 새순을 빨기도 했다.

제 34 장
샘

홍당무는 대부와 한방에서 자는 것이 썩 즐겁지는 않았다. 방은 춥고 털 이불 안은 너무 더워서 갑갑했다. 대부처럼 나이가 많은 사람에게는 부드러운 털 이불이 좋겠지만 홍당무에게는 땀이 뻘뻘 날 정도로 두꺼웠다. 그래도 엄마와 떨어져 자는 게 다행이란 생각이 들었다.

"엄마가 그렇게 무섭니?"

대부가 물었다.

홍당무 : 무섭다기보다는 엄마가 저를 만만하게 생각하시는
  것 같아요. 형은 엄마가 야단치려고 하면 얼른 빗자루를

집으려고 달려가요. 그러고는 엄마 앞에 떡 버티고 서 있죠. 그러면 엄마는 형 앞에서 꼼짝도 못 해요. 결국에는 형을 잘 다독거리는 것으로 끝나지요. 엄마는 형이 굉장히 예민한 성격이기 때문에 매로 다스리는 건 효과가 없대요. 하지만 저에게는 매가 잘 통한다나요?

대　부 : 너도 형처럼 빗자루를 들어 보렴.

홍당무 : 아! 감히 제가요? 저는 펠릭스 형과 자주 다투는 편이에요. 장난을 치다가 싸움으로 번지기도 하고 놀다가 갑자기 싸울 때도 있어요. 저도 형만큼 힘이 세요. 저도 형처럼 공격을 막을 수도 있어요.

　　　하지만 엄마가 야단칠 때 제가 빗자루를 든다면 엄마는 제가 빗자루를 가져다주는 걸로 받아들이실 거예요. 빗자루는 곧장 엄마 손으로 넘어갈 테고, 엄마는 가져다줘서 고맙다고 하면서 저를 때리시겠죠.

대　부 : 알았다. 그만 자거라, 우리 강아지. 잘 자라!

　하지만 두 사람 모두 잠이 오지 않았다. 홍당무는 털 이불 때문에 숨이 막혀 시원한 공기를 마시려고 몸을 자꾸만 뒤척였고, 대부는 홍당무가 가여워서 쉽사리 잠을 이루지 못했다.

　홍당무가 깜박 잠이 들 무렵, 대부가 갑자기 홍당무의 팔을 잡았다.

"후유, 거기 있었구나! 내가 또 꿈을 꿨나 보다. 네가 샘에 빠진 줄 알았단다. 너도 기억하지? 그 샘 말이다."

홍당무 : 기억하고말고요. 불평하는 건 아니지만 할아버지가 툭하면 하시는 얘기잖아요.

대　부 : 불쌍한 내 강아지, 그때 생각만 하면 지금도 소름이 돋는구나. 나는 풀숲에서 잠을 자고 있었고, 넌 샘 근처에서 놀고 있었지. 그러다가 네가 미끄러져서 샘물에 빠졌어. 너는 허우적대며 소리를 질렀는데 난 자느라고 아무 소리도 듣지 못했어. 사실 그 샘은 고양이도 빠져 죽지 못할 정도로 얕았는데 넌 일어서지도 못했지. 참 안타까운 일이었단다. 아직도 이해가 안 가는데 그때 넌 왜 일어나질 못한 거니?

홍당무 : 제가 그때 무슨 생각을 했는지 지금까지 어떻게 기억하겠어요?

대　부 : 어쨌든 네가 첨벙거리는 소리에 잠이 깼으니 망정이지 하마터면 큰일 날 뻔했다. 내 불쌍한 강아지! 가엾은 녀석! 샘에서 나온 너는 펌프처럼 물을 토해 냈어. 네 옷을 벗기고 베르나르의 외출복으로 갈아입혔지.

홍당무 : 그 옷이 어찌나 따가웠는지 아직도 기억나요. 온몸이 긁혔다니까요. 혹시 말총으로 만든 옷이었나요?

대　부 : 아니, 베르나르 옷 중에 너한테 입힐 만한 셔츠가 없
었어. 지금은 웃으면서 얘기할 수 있다만 그때는 정말 일
초가 급했지. 조금만 늦었어도 넌 죽었을 거야.

홍당무 : 그랬다면 저는 지금 하늘나라에 있겠네요.

대　부 : 그런 소리 하지 마라. 그때 나 자신을 얼마나 원망했
는지 모른다. 그 일이 있은 후로는 밤마다 하루도 편히 잔
날이 없어. 단잠을 잃어버렸지. 벌을 받은 것 같구나. 하긴
나는 그런 벌을 받아도 싸다.

홍당무 : 할아버지, 저는 벌을 받지 않아도 되니까 이제는 정
말 자고 싶어요.

대　부 : 그래, 얼른 자거라. 귀여운 아이야, 편안히 자렴.

홍당무 : 제가 편안히 자기를 바라신다면 제발 팔 좀 놔주세
요. 제가 잠이 들고 나면 다시 잡으셔도 돼요. 그리고 다리
도 좀 치워 주세요. 할아버지 다리는 털이 많아서 따갑거
든요. 뭔가 제 몸에 닿으면 잠을 잘 수가 없어요.

제 35 장
자 두

홍당무는 한참 동안 털 이불 속에서 몸을 뒤척였다. 어느 정도 지났을까? 대부가 다시 말을 걸었다.

"우리 강아지, 자니?"

홍당무 : 아니요.

대　부 : 나도 잠이 안 오는구나. 그냥 일어나야겠어. 너만 좋다면 지렁이를 잡으러 가자꾸나.

"좋아요."
홍당무가 대답했다.

두 사람은 침대에서 일어나 주섬주섬 옷을 입었다. 그리고 등불을 들고 정원으로 나갔다.

홍당무가 등불을 들었고, 대부는 축축한 흙을 반쯤 채운 양철통을 들었다. 지렁이를 잡아서 그 통에 넣고 낚시 미끼로 쓸 참이었다. 대부는 지렁이가 죽지 않도록 촉촉한 이끼를 덮어 두었다. 하루 종일 비가 내린 날에는 지렁이가 유독 많이 잡혔다.

"지렁이를 밟지 않도록 조심하렴. 천천히 걸어야 해. 감기에 걸릴 염려만 없으면 슬리퍼를 신고 나올 텐데. 지렁이는 아주 작은 소리만 나도 구멍 속으로 쏙 들어가기 때문에 각별히 조심해야 하거든. 지렁이가 구멍에서 멀리 나와 있을 때 쉽게 잡을 수 있어. 지렁이를 보면 잽싸게 잡아야 해. 그리고 손에서 빠져나가지 않도록 약간 힘을 줘서 쥐어야 한단다.

지렁이가 구멍으로 반쯤 들어가 있으면 그냥 놓아주렴. 안 그러면 꼬리가 잘릴 수 있거든. 토막 난 지렁이는 아무짝에도 쓸모가 없어. 괜히 다른 지렁이까지 썩게 만들지. 게다가 예민한 물고기들은 몸통이 잘린 지렁이는 거들떠보지도 않아. 경험이 적은 낚시꾼들은 지렁이를 아끼려고 잘라서 쓰기도 하는데 참 바보 같은 짓이지. 살아 있는 지렁이를 통째로 써야 물속에서 잘 움직이기 때문에 좋은 물고기를 낚을 수 있어. 지렁이는 물속에 들어가면 금세 몸을 움츠린단다. 그러면 물고기들은 지렁이가 도망치는 줄 알고 얼른 달려들어 덥석 물지."

대부가 홍당무에게 꼼꼼히 설명해 주었다.

"전 지렁이를 자꾸만 놓쳐요. 끈적끈적한 점액이 묻어서 손가락이 더러워지는 게 싫어요."

홍당무가 중얼거렸다.

대　부 : 지렁이는 더러운 게 아니야. 이 세상에서 가장 깨끗한 동물이란다. 흙만 먹고 살기 때문에 지렁이를 꾹 누르면 흙밖에 안 나와. 나는 지렁이를 먹을 수도 있어.

홍당무 : 제 지렁이를 드릴게요. 드셔 보실래요?

대　부 : 이 녀석은 꽤 크구나. 불에 구워서 빵 사이에 끼워 먹어야겠다. 하지만 자두에 붙어 있는 작은 지렁이들은 날 것으로도 먹을 수 있지.

홍당무 : 아, 알겠어요. 우리 가족들이, 특히 엄마가 할아버지를 좋아하지 않는 이유를요. 엄마는 할아버지 생각만 해도 속이 안 좋대요. 하지만 저는 할아버지가 무슨 행동을 하시든 다 이해할 수 있어요. 할아버지는 까다롭지도 않고, 우린 서로 잘 통하니까요.

홍당무는 등불을 들고 자두밭으로 갔다. 나뭇가지를 잡아당겨서 자두 몇 개를 땄다. 싱싱한 자두는 자기가 갖고 벌레 먹은 자두는 대부에게 내밀었다. 대부는 둥근 자두를 입에 넣고 씨까지 통째로 삼키며 말했다.

"이런 게 가장 맛있는 거야!"

홍당무 : 우아! 앞으로는 저도 그렇게 먹을래요. 하지만 그런
　　자두를 통째로 먹었다가 입에서 냄새가 날까 봐 걱정이
　　되네요. 엄마가 제게 뽀뽀를 해 주실 때 알아차릴지도 몰
　　라요.

"냄새는 무슨."
대부가 홍당무의 얼굴에 후 입김을 불었다.

홍당무 : 정말이네요. 담배 냄새밖에 안 나요. 담배 냄새가 지
　　독하긴 하지만 전 할아버지를 사랑해요. 하지만 담배를
　　끊으시면 더 많이 사랑할 거예요.

대　부 : 깜찍한 녀석! 귀엽구나! 꼭 기억하마.

제 36 장

결혼식 놀이

"엄마, 홍당무가 마틸드랑 풀밭에서 신랑 신부 놀이를 해요. 펠릭스가 애들에게 결혼식 옷까지 입혀 줬어요. 엄마가 그런 장난치면 안 된다고 하셨지요?"

에르네스틴이 숨을 헐떡거리며 르픽 부인에게 쏜살같이 달려와 고자질을 했다.

마틸드가 하얀 야생 으아리(다년생의 덩굴 식물—옮긴이)로 치장한 채 새색시처럼 얌전히 앉아 있었다. 예쁘게 꾸민 마틸드는 오렌지 꽃(순결을 상징하는 꽃. 결혼하는 날 신랑과 신부가 오렌지 꽃으로 장식한 관을 쓰는 관습이 있다.—옮긴이) 화환을 쓴 신부 같았다. 실제로 마틸드는 온몸에 오렌지 꽃을 주렁주렁 달고 있었다.

으아리는 복통에 특효가 있다는데, 평생 동안 복통을 진정시킬 수 있을 만큼 어마어마한 양이었다.

왕관처럼 엮어 머리에 씌운 으아리가 턱 아래로, 등 뒤로, 팔 위로 길게 흘러내렸다. 허리에 장식한 오렌지 꽃다발은 바닥까지 치렁치렁 늘어져 있었다. 펠릭스는 계속해서 마틸드를 꽃으로 장식했다.

마침내 펠릭스가 뒤로 물러서며 말했다.

"넌 꼼짝하지 마! 홍당무, 이번엔 네 차례야."

자기 차례가 된 홍당무는 꼬마 신랑처럼 꾸미기 위해 몸 곳곳에 으아리를 달았다. 신부인 마틸드와 차이를 두기 위해 양귀비와 산사나무 꽃을 군데군데 달아 치장하고, 노란색 민들레도 한 송이 꽂았다.

홍당무는 한 번도 웃지 않았다. 세 아이 모두 진지했다. 의식을 치를 때 어떤 표정을 지어야 하는지 잘 알고 있었다. 장례식장에서는 슬픈 표정을 지어야 하고, 결혼식장에서는 진지한 표정을 지어야 했다. 결혼식 놀이를 할 때도 마찬가지였다. 그렇지 않으면 놀이가 재미없어졌다.

"자, 둘이 손을 잡아. 천천히 행진 시작!"

펠릭스가 말했다.

두 사람은 서로 적당히 떨어져서 한 걸음씩 걸어 나왔다. 마틸드는 꽃 장식이 발에 걸리자 손으로 집어 올렸다. 그러는 사이 홍당무는 한쪽 발을 든 채 듬직한 모습으로 기다려 주었다.

펠릭스는 둘을 들판 여기저기로 안내했다. 연방 뒷걸음질을 치며 두 팔을 흔들어 보폭과 박자를 맞춰 주었다. 그리고 자기가 시장이 되어 주례를 하고, 그다음에는 신부님이 되어 축복을 해 주었다. 이어서 결혼식장에 초대받은 하객 역할까지 하면서 두 사람의 결혼을 축하했다. 거기서 끝이 아니었다. 이번에는 바이올린 연주자가 되어 막대기를 들고 바이올린을 연주하는 시늉을 했다.

펠릭스는 홍당무와 마틸드를 이리저리 끌고 다녔다.

"잠깐만! 화관이 망가졌어."

펠릭스가 말했다. 그러고는 마틸드의 화관을 매만지고 다시 두 사람을 정신없이 이끌었다.

"아야!"

마틸드가 얼굴을 찌푸리며 소리쳤다.

으아리 덩굴이 마틸드의 머리카락에 엉켜 버렸다. 펠릭스는 머리카락과 엉킨 덩굴을 잘 풀어서 빼 버리고 다시 예식을 진행했다.

"됐습니다. 두 사람은 결혼을 했으니 이제 입을 맞추십시오."

두 사람이 망설이자 펠릭스가 외쳤다.

"뭐야, 키스하라고! 결혼을 하면 당연히 뽀뽀도 하는 거야. 서로의 얼굴을 지그시 바라보고 사랑한다는 말도 해야지. 얼굴이 왜 그렇게 굳었어?"

벌써 여자에게 사랑 고백을 해 보았을 법한 펠릭스가 잘난 척을 하며 어색해하는 두 사람을 비웃었다. 펠릭스는 어쩔 수 없이 시범을 보이겠다며 먼저 마틸드에게 다가가 뽀뽀를 했다.

홍당무도 용기를 내어 덩굴에 가려진 마틸드의 얼굴 가까이로 자신의 얼굴을 내밀었다. 그리고 마틸드의 뺨에 뽀뽀를 했다.

"장난 아니야. 커서 정말로 너랑 결혼할 거야."

홍당무가 말했다.

마틸드도 홍당무의 뺨에 입을 맞추었다. 그 순간 두 사람은 하도 어색해서 얼굴이 새빨개졌다.

펠릭스가 그런 두 사람을 작정하고 놀려 댔다.

"얼굴이 빨개졌어. 아주 새빨개!"

펠릭스는 두 손가락을 맞대고는 침까지 튀기며 놀려 댔다.

"멍청이들, 진짜 결혼한 줄 아나!"

"난 창피하지 않아. 놀리고 싶으면 실컷 놀려. 형이 아무리 그래도 난 마틸드와 꼭 결혼할 거야. 형은 이 결혼을 막을 수 없어. 엄마라면 모를까."

그런데 바로 그때, 들판으로 이어지는 울타리를 넘어 르픽 부인이 나타났다.

"절대로 허락할 수 없어."

르픽 부인이 말했다.

고자질을 한 에르네스틴도 뒤따라왔다. 르픽 부인은 울타리를 지날 때 꺾은 가느다란 나뭇가지를 손에 들고 있었다. 회초리로 쓰기 위해 잎사귀를 모조리 떼어 내고 가지만 남겨 두었다.

르픽 부인은 곧장 세 아이에게 달려왔다. 갑작스러운 폭풍우처럼 결코 피할 수 없는 순간이었다.

"회초리를 들었어. 홍당무, 조심해라."

펠릭스가 이렇게 말하며 들판 가장자리로 달아났다. 그러고는 숨어서 그 광경을 지켜보았다.

하지만 홍당무는 도망치지 않았다. 비겁하게 도망칠 때도 있었지만, 어차피 맞을 매라면 빨리 맞는 것이 낫다고 생각했다. 더구나 오늘은 용기가 솟는 것 같았다.

반면에 마틸드는 몸을 덜덜 떨면서 마치 남편을 잃은 과부가 된 것마냥 엉엉 울기 시작했다.

홍당무 : 걱정하지 마. 난 엄마를 잘 알아. 엄마는 지금 나한테 화가 나신 거야. 내가 책임질게.

마틸드 : 하지만 너희 엄마가 우리 엄마한테 말하면 어떡해! 그러면 나도 엄마한테 두들겨 맞을 거야.

홍당무 : 그건 잘못을 고쳐 주는 거야. 맞는 게 아니라고. 선생님이 너의 방학 숙제를 고쳐 주는 것처럼 말이야. 너네 엄마도 네 잘못을 자주 고쳐 주시니?

마틸드 : 응, 가끔씩. 그때그때 달라.

홍당무 : 난 항상 그러는데.

마틸드 : 하지만 난 잘못한 게 없는데.

홍당무 : 그런 건 원래 상관없어. 앗, 조심해!

르픽 부인이 다가와 두 아이를 붙잡으려고 손을 뻗었다. 그러다가 서두를 필요가 없다고 느꼈는지 걸음을 조금 늦추었다. 에르네스틴은 엄마의 회초리에 스치기라도 할까 봐 멀찌감치 떨어져 있었다. 홍당무는 자기 '신부'가 된 마틸드 앞을 가로막았다. 신부는 더욱 큰 소리로 울었다. 으아리 덩굴의 흰 꽃들이 심하게 엉켰다.

르픽 부인이 회초리를 번쩍 들고 때리려는 찰나, 홍당무는 얼굴이 새파랗게 질렸다. 팔짱을 낀 홍당무의 목이 저절로 움츠려졌다. 맞기도 전에 허리가 화끈거리고 종아리가 따끔거렸다. 홍당무는 당당하게 소리쳤다.

"그냥 재미로 논 것뿐이에요!"

제 37 장
금고의 암호

다음 날, 마틸드는 홍당무를 만나자 이렇게 말했다.

"네 엄마가 우리 엄마한테 모두 말했어. 그래서 엉덩이를 실컷 두들겨 맞았지. 넌 어땠어?"

> **홍당무** : 난 벌써 잊어버렸어. 하지만 넌 맞을 이유가 없었는데. 우리가 나쁜 짓을 한 건 아니잖아.
>
> **마틸드** : 그래, 네 말이 맞아.
>
> **홍당무** : 어제 내가 너랑 결혼하겠다고 말한 건 진심이야.
>
> **마틸드** : 나도 너랑 결혼하고 싶어.
>
> **홍당무** : 하지만 너희 집은 가난하고 우리 집은 부자니까, 내

가 너를 업신여기게 될지도 몰라. 하지만 너무 걱정하지 마. 너를 존중하려고 애쓸 테니까.

마틸드 : 홍당무, 너희 집이 얼마나 부잔데?

홍당무 : 집에 백만 프랑은 족히 있을걸.

마틸드 : 백만 프랑이 얼마나 많은 거야?

홍당무 : 굉장히 많지. 백만 프랑은 죽기 전까지 다 쓰지도 못할 정도래.

마틸드 : 우리 부모님은 늘 돈이 없다고 불평하시는데.

홍당무 : 그건 우리 부모님도 그래. 사람들이 질투할까 봐 일부러 불평을 하시는 거지. 하지만 난 우리 집이 부자라는 걸 알아. 매달 첫째 날에 아빠가 방에 혼자 들어가실 때가 있어. 그때마다 금고 자물쇠의 삐거덕거리는 소리가 들려. 그 소리가 꼭 저녁마다 우는 청개구리 울음소리 같아.

아빠는 알아들을 수 없는 말을 혼자 중얼거리시는데 무슨 말인지 엄마랑 형이랑 누나는 몰라. 아빠랑 나만 알고 있어. 그 암호를 외우면 금고 문이 열려. 아빠는 금고에서 돈을 꺼내 부엌 식탁 위에 올려놓으셔. 아무 말도 하지 않고 말이야. 부엌에서 일하는 엄마가 들으시도록 동전 부딪치는 소리만 내는 거지. 아빠가 슬그머니 부엌에서 나가시면 엄마가 재빨리 식탁 위에서 돈을 주워 담으셔. 매달 있는 일이야. 아주 오래전부터 그랬어. 그러니까 난 우리 집 금고에 백만 프랑이 넘는 돈이 있다고 확신해.

마틸드 : 금고 문을 열 때 무슨 말을 하셔? 암호가 뭐야?

홍당무 : 알려고 하지 마. 아무리 졸라도 소용없어. 우리가 결혼하면 가르쳐 줄게. 아무에게도 말하지 않겠다고 나하고 약속도 해야 해.

마틸드 : 지금 말해 줘. 절대로 말하지 않겠다고 맹세할게.

홍당무 : 안 돼. 아빠랑 나만 아는 비밀이거든.

마틸드 : 사실은 너도 모르지? 알면 말해 봐.

홍당무 : 진짜 알아. 말은 못 해 줘. 미안해.

마틸드 : 모르는 거 아냐? 에이, 모르면서. 틀림없어.

"그럼, 내기하면 되잖아."

홍당무가 정색을 하고 진지하게 말했다.

"무슨 내기?"

마틸드가 머뭇거리며 물었다.

"내가 원하는 데를 만지게 해 주면 알려 줄게."

마틸드는 무슨 말인지 이해할 수 없어 홍당무를 멀뚱멀뚱 쳐다보았다. 그러다가 회색빛 눈을 거의 감다시피 해서 가늘게 떴다. 한 가지 궁금증을 해결하려다가 또 다른 궁금증을 떠안게 된 셈이었다.

"암호부터 말해, 홍당무."

홍당무 : 말해 주면 내가 원하는 데를 만지게 해 주겠다고 맹
세해!

마틸드 : 엄마가 함부로 맹세하지 말라고 하셨어.

홍당무 : 그럼 암호는 안 가르쳐 줄 거야.

마틸드 : 그까짓 거 몰라도 돼. 벌써 짐작이 간다. 아, 그래. 이
제 알았어!

조바심이 난 홍당무가 서둘러 말했다.

"잘 들어, 마틸드. 네가 눈치챘다는 건 말이 안 돼. 하지만 맹세
한다면 말해 줄게. 우리 아빠가 금고를 열 때 하는 말은 바로 '얼
간이'야. 자, 이제 내가 원하는 데를 만지게 해 줘."

"얼간이! 얼간이! 나를 놀리는 거 아니지?"

마틸드는 뒷걸음질을 쳤다. 암호를 알아내서 기뻤지만, 한편
으로는 아무렇게나 둘러댄 거짓 암호라는 생각이 들었다.

홍당무는 아무 말도 하지 않고 손을 뻗으며 마틸드에게 다가
갔다. 마틸드는 홍당무를 피해 재빨리 달아났다. 마틸드가 킥킥
대며 웃는 소리가 저만치에서 들려왔다.

마틸드가 사라지고 난 뒤, 누군가 뒤에서 비아냥대는 소리가
들렸다.

홍당무가 뒤를 돌아보았다. 큰 저택에서 일하는 하인이 마구
간의 들창으로 얼굴을 빼끔 내밀고 있었다. 하인은 이를 드러내

며 히죽 웃고 있었다.

"난 다 봤어, 홍당무. 네 어머니한테 가서 다 이를 테다!"

하인이 소리쳤다.

홍당무 : 피에르 아저씨, 장난친 거예요. 저 애는 그것도 모르
고 속은 거고요. '얼간이'는 제가 지어낸 암호예요. 전 진
짜 암호가 뭔지 몰라요.

피에르 : 염려 마라, 홍당무. 암호가 '얼간이'든 뭐든 관심 없
어. 그런 말은 네 엄마한테 하지 않을 거야. 나는 다른 말
을 하겠다는 거지.

홍당무 : 다른 말이요?

피에르 : 그래, 그거 말고 다른 거. 내가 다 봤다니까. 홍당무,
내가 잘못 본 거라고 말하지는 못할 거다. 그 나이에 제법
이던데! 오늘 저녁에 네 귀가 찢어질 정도로 혼이 나겠지.

홍당무는 아무런 대꾸도 할 수가 없었다. 얼굴이 새빨개져서
붉은 머리카락이 오히려 흐리게 보일 정도였다. 홍당무는 두 손
을 호주머니에 찔러 넣고 코를 훌쩍거렸다. 그러더니 주춤주춤
그 자리를 떠났다.

제 38 장

올챙이잡이

홍당무는 마당 한가운데서 혼자 놀고 있었다. 르픽 부인이 창문 너머로 자신을 잘 감시할 수 있도록 최대한 얌전하게 놀려고 애썼다. 그때 레미가 나타났다. 레미는 홍당무와 동갑내기 친구였다. 다리를 약간 절었는데 늘 뛰듯이 걸어 다녔다. 왼쪽 다리는 오른쪽 다리 뒤에 끌려 다닐 뿐 한 번도 앞서 가지 못했다.

레미가 바구니를 보여 주며 말했다.

"홍당무, 같이 안 갈래? 아빠가 지금 냇물에 그물을 치고 계셔. 도와 드리고 나서 우리는 이 바구니로 올챙이를 잡자!"

홍당무가 말했다.

"우리 엄마한테 내가 가도 되는지 물어봐."

레　미 : 왜 내가 물어봐야 해?

홍당무 : 내가 말하면 가지 말라고 하실 게 뻔하니까.

그때 르픽 부인이 창가에 모습을 드러냈다.

레미가 물었다.

"아주머니, 홍당무와 올챙이를 잡으러 가도 돼요?"

르픽 부인은 유리창에 귀를 가까이 댔다. 레미가 큰 소리로 같은 말을 반복하자, 그제야 알아들었는지 뭐라고 중얼거렸다. 하지만 아이들에게는 들리지 않았다. 홍당무와 레미가 서로의 얼굴을 마주 보며 망설이자, 르픽 부인이 고개를 크게 저으며 가지 말라는 신호를 분명히 했다.

"안 된대. 있다가 시킬 일이 있으신가 봐."

홍당무가 말했다.

레　미 : 할 수 없지. 재미있게 놀 수 있었는데. 아주머니가
　　　　안 된다고 하시니 못 가겠네.

홍당무 : 가지 말고 나랑 여기서 놀자.

레　미 : 싫어. 난 올챙이 잡는 게 더 좋아. 오늘 날씨가 화창
　　　　해서 바구니 가득 잡을 수 있을 거야.

홍당무 : 잠깐만 기다려. 엄마는 처음엔 늘 안 된다고 하지만,
　　　　시간이 지나면 마음을 바꾸실 때도 있어.

레 미 : 그럼 십오 분만 기다릴게. 그 이상은 안 돼.

홍당무와 레미는 주머니에 손을 찌른 채 멍하니 계단을 바라
보았다. 잠시 후, 홍당무가 팔꿈치로 레미를 쿡 찔렀다.

"내 말이 맞지?"

현관문이 열리더니, 르픽 부인이 홍당무에게 줄 바구니를 가
지고 계단을 내려왔다. 그러다가 레미를 보자 흠칫 놀란 듯 걸
음을 멈추었다.

"레미야, 너 아직도 안 가고 뭐하니? 벌써 간 줄 알았는데. 여
기서 빈둥거리고 있다고 네 아빠에게 일러야겠구나. 아빠한테
혼나고 싶은 거냐?"

레 미 : 홍당무가 저더러 조금만 기다리라고 했어요.
르픽 부인 : 그래? 홍당무, 정말이냐?

홍당무는 긍정도, 부정도 하지 않았다. 사실 뭐라고 대답해야
할지 몰랐다. 홍당무는 엄마가 무슨 생각을 하는지 훤히 꿰고
있었다. 그런데 레미가 일을 그르치고 말았다. 이제 어떻게 되든
상관없었다. 애꿎은 잔디만 발로 짓이기며 시선을 피했다.

르픽 부인이 말했다.

"난 한번 내뱉은 말은 결코 바꾸지 않아."

그러고는 더 이상 아무 말도 하지 않았다.

르픽 부인은 바구니를 들고 다시 계단을 올라갔다. 올챙이를 잡으러 가라고, 그 안에 들어 있던 싱싱한 호두를 모두 꺼내 놓고 들고 나온 바구니였다.

레미는 벌써 멀어져 갔다.

르픽 부인은 농담을 하는 법이 거의 없었다. 그래서 다른 집 아이들은 학교 선생님만큼이나 르픽 부인을 무서워하며 늘 조심스럽게 대했다.

레미가 냇물 쪽으로 부리나케 뛰어갔다. 너무 빨리 달리는 바람에 왼쪽 발이 땅에 끌리며 뿌연 먼지를 일으켰다. 냄비를 두들기는 것처럼 요란한 소리가 났다.

홍당무는 그렇게 하루를 망쳐 버린 것 같아 더 이상 놀고 싶은 마음이 들지 않았다. 재미있게 놀 기회를 눈앞에서 놓쳐 버렸다. 후회가 물밀듯이 몰려왔다.

홍당무는 그런 감정을 잠자코 받아들였다. 처량하게, 저항할 힘 하나 없이 그 절망감에 자신을 내맡겼다. 그렇게 스스로 불러온 벌을 달게 받으려 했다.

제 39 장
극적인 사건

제1장

르픽 부인 : 어디 가니?

홍당무 : (새 넥타이를 매고 침을 뱉어 신발에 광을 내며) 아빠랑 산
책하려고요.

르픽 부인 : 가지 마. 내 말 알아들었니? 너, 가기만 해 봐. (아
들을 때릴 듯이 오른손을 번쩍 치켜든다.)

홍당무 : (나지막한 목소리로) 알겠어요.

제2장

홍당무 : (괘종시계 옆에서 골똘히 생각에 잠겨 있다.) 내가 뭘 원하는 걸까? 얻어맞지 않는 걸 원하지. 확실히 아빠가 엄마보다 덜 때리시니까. 계산 끝! 아빠가 들으면 실망하시겠지만 어쩔 수 없어.

제3장

르픽 씨 : (홍당무를 사랑하지만 제대로 신경을 쓰지 못한다. 일에 쫓겨 늘 바쁘기 때문이다.) 자, 가자꾸나!

홍당무 : 안 돼요, 아빠.

르픽 씨 : 뭐라고? 왜? 가고 싶지 않은 거냐?

홍당무 : 아니요! 진짜 가고 싶어요. 그런데 갈 수가 없어요.

르픽 씨 : 이유가 뭔지 말해 보렴. 무슨 일 있니?

홍당무 : 별것 아니에요. 그냥 집에 있을게요.

르픽 씨 : 후유! 그 변덕이 또 시작된 게로구나. 버릇없는 녀석! 도대체 네 기분을 어떻게 맞춰야 할지 모르겠다. 아까는 그렇게 가고 싶다고 졸라 대더니 지금은 안 간다고 하고. 그럼 집에 있어. 후회를 하든 말든 네 맘대로 해.

제4장

르픽 부인 : (문 뒤에서 몰래 엿듣는 습관이 있다.) 아이고, 가엾은 것! (홍당무의 머리를 쓰다듬는 척하면서 꽉 움켜쥔다. 상냥한 목소리로) 어머, 눈물을 글썽거리네. 그래, 아빠가…… (르픽 씨를 슬쩍 바라보며) 억지로 데려가려고 하셨구나. 엄마는 너를 그 정도로 지독하게 괴롭히지는 않는데 말이다. (르픽 씨 부부는 말없이 서로 등을 돌린다.)

제5장

홍당무 : (두 손가락을 빨다가 한 손가락은 콧속에 쑤셔 넣은 채 벽장 속에 들어가 있다.) 차라리 고아였으면 좋겠어.

제 40 장
사 냥

르픽 씨는 사냥을 갈 때 두 아들을 번갈아 데리고 갔다. 아이들은 총을 메는 방향을 피해 아빠의 오른쪽에서 살짝 뒤처져서 걸었다. 사냥 자루를 메고 아빠의 뒤를 따라갔다. 르픽 씨는 지칠 줄 모르고 걸었다. 홍당무는 불평하지 않고 꿋꿋하게 아빠 뒤를 졸졸 쫓아갔다. 불편한 신발 때문에 발이 아파도 한마디도 하지 않았다. 발끝이 작은 망치처럼 부풀어 올랐는데도 꾹 참았다.

사냥을 시작하자마자 토끼라도 잡는 날이면 르픽 씨는 이렇게 말했다.

"가까운 농가에 토끼를 맡겨 놓을까? 아니면 울타리 밑에 숨겨 놨다가 저녁에 가지고 갈까?"

그러면 홍당무가 대답했다.

"아니에요, 아빠. 그냥 들고 다니는 게 좋아요."

홍당무가 토끼 두 마리와 자고새 다섯 마리를 하루 종일 메고 다닌 적도 있었다. 어깨가 하도 아파서 사냥 자루의 어깨끈 밑에 손을 넣거나 손수건을 대기도 했다. 가다가 누군가를 만나면 홍당무는 자랑스럽게 사냥 자루를 보여 주었다. 그러면 무거움을 잠시 잊을 수 있었다.

하지만 지칠 때도 있었다. 특히 아무것도 잡지 못하는 날은 공허한 기분마저 들었다.

"여기서 기다려라. 내가 밭을 좀 돌아보고 올게."

르픽 씨가 말했다.

홍당무는 짜증을 내며 땡볕 아래 서 있었다. 아빠가 밭고랑 사이를 돌아다니며 흙더미마다 발로 헤치는 모습이 보였다. 농부가 쇠스랑으로 밭을 고르듯 총으로 울타리며 덤불, 엉겅퀴를 탁탁 치며 지나갔다. 사냥개 피람도 더 이상은 움직일 수 없는지 그늘에 엎드려 혀를 빼물고 숨을 헐떡거렸다.

'그쪽엔 아무것도 없어요. 여기저기 두드리고 쐐기풀이나 마른풀을 뜯어 봤자 소용없다고요! 내가 토끼라도 굴속에 숨어 있겠어요. 이렇게 더운 날씨에 뭐하러 나오겠어요!'

홍당무는 속으로 생각하며 아빠를 원망했다.

르픽 씨는 또 다른 울타리를 뛰어넘어 주변에 있는 들풀을 총으로 후려쳤다. 여기서도 토끼를 발견하지 못한다면 굉장히 실망하겠지.

홍당무가 혼자 중얼거리듯 말했다.

"아빠가 기다리라고 했지만 이제부터는 따라가야겠어. 시작이 안 좋은 날은 끝까지 헛수고만 한단 말이야. 땀에 흠뻑 젖도록 뛰어야지. 피람도 뛰게 하고. 하루 종일 앉아 있는 것보다는 그게 더 나아. 오늘 저녁에 빈손으로 집에 돌아가겠지만, 노력이라도 해야지."

홍당무는 미신을 잘 믿었다. (홍당무가 모자의 가장자리를 만지는 순간 사냥에 성공하는 것이었다.) 그때 피람이 발길을 멈추더니 털을 곤두세우고 꼬리를 번쩍 들었다. 르픽 씨는 어깨에 총을 메고 발뒤꿈치를 들어 살금살금 걸음을 옮겼다.

홍당무는 굳어 버린 듯 꼼짝도 하지 않고 가만히 서 있었다. 생각대로 맞아떨어지자 흥분이 몰려오며 숨이 막혔다. (홍당무가 모자를 들어 올렸다.)

자고새가 날아오르거나 토끼가 불쑥 튀어나오겠지. 하지만 홍당무가 어떤 행동을 하느냐에 따라(모자를 다시 쓰거나 인사하는 시늉을 하거나) 르픽 씨가 사냥감을 놓치든지 잡든지 하는 것이었다.

이 방법이 항상 들어맞는 건 아니었다. 같은 방법을 자꾸 쓰면 효력이 떨어지는 법이니까. 행운도 매번 같은 신호에 답해 주는 일에 싫증을 내는 모양이었다. 그래서 홍당무는 신중하게 자신만의 방법을 실행에 옮겼다. 그러면 거의 대부분 성공했다.

"내가 총 쏘는 것 봤니?"

아직 온기가 남아 있는 토끼의 무게를 대충 가늠해 보며 르픽 씨가 말했다. 르픽 씨는 토끼의 누런 배를 꾹 눌러 남아 있는 배설물을 쭉 짜냈다.

"그런데 왜 웃냐?"

"제 덕분에 토끼를 잡으셨잖아요."

홍당무는 우쭐대며 자신의 방법을 차분히 설명했다.

그러자 르픽 씨가 말했다.

"진심으로 하는 말이냐?"

홍당무 : 그럼요! 물론 성공하지 못한 적도 있어요.

르픽 씨 : 멍청한 녀석! 네가 영리한 아이라는 평판을 잃고 싶지 않다면 다른 사람들 앞에서 그런 말도 안 되는 얘기는 절대로 하지 마라. 그랬다간 모두 너를 비웃을 테니까. 설마 나를 놀리려고 하는 얘기는 아니지?

홍당무 : 그럴 리가요. 아빠 말씀이 맞아요. 죄송해요. 제 생각이 짧았어요.

제 41 장

파 리

사냥은 계속되었다. 홍당무는 아빠에게 쓸데없는 얘기를 한 것을 후회하며 어깨를 축 늘어뜨리고 걸었다. 하지만 아빠와 떨어지지 않으려고 그 뒤를 바짝 쫓았다. 르픽 씨가 왼발을 디뎠던 자리에 자신의 왼발을 놓으려고 애를 썼다. 마치 귀신에게 쫓기기라도 하는 듯 성큼성큼 걸었다.

오디나 돌배, 또는 야생 자두를 따서 입에 넣을 때만 잠시 쉴 수 있었다. 야생 자두를 베어 물면 입안이 죄어들고 입술이 자두의 속살처럼 새하얗게 변하면서 갈증이 풀렸다. 홍당무가 멘 사냥 자루 속에는 브랜디 한 병이 들어 있었다.

홍당무는 브랜디를 혼자 홀짝홀짝 다 마셨다. 르픽 씨는 사냥에 집중하느라 브랜디를 달라고 하는 것마저 잊었다.

"한잔 드릴까요, 아빠?"

"생각 없다."는 아빠의 대답만 바람을 타고 들려왔다. 홍당무
는 아빠에게 주려던 잔을 들이켰다. 어느새 술병은 텅 비었고
홍당무는 머리가 빙빙 도는 걸 느끼며 아빠의 뒤를 급히 쫓아갔
다. 그러다 갑자기 걸음을 멈추더니 손가락으로 귀를 후볐다.

홍당무는 귀에서 손을 떼고 얼른 르픽 씨를 불렀다.

"아빠, 귓속에 파리가 들어간 것 같아요."

르픽 씨 : 빼면 되지.

홍당무 : 아주 깊숙이 들어갔나 봐요. 손가락이 닿지 않아요.
　　귓속에서 파리가 윙윙거려요.

르픽 씨 : 저절로 죽게 내버려 두렴.

홍당무 : 아빠, 파리가 귓속에 알을 낳으면 어떻게 해요?

르픽 씨 : 그럼 손수건을 돌돌 말아서 넣어 봐라.

홍당무 : 귀에 브랜디를 몇 방울 떨어뜨리면 죽지 않을까요?
　　아빠, 그래도 돼요?

"네 맘대로 하렴. 빨리하고 따라와."

르픽 씨가 목소리를 높였다.

홍당무는 빈 브랜디 병의 주둥이를 귀에 대고 기울였다. 아빠

가 브랜디를 달라고 할까 봐 잔꾀를 쓴 것이었다.

잠시 뒤, 홍당무가 달려가며 소리쳤다.

"아빠, 이제 파리 소리가 들리지 않아요. 브랜디를 모두 마시고 죽었나 봐요."

제 42 장

처음 잡은 도요새

"거기 서. 너는 거기 있는 게 좋겠다. 내가 피람을 데리고 숲을 돌며 도요새를 몰아올 테니 넌 새소리에 귀를 기울이고 있거라. 소리가 들리면 눈을 크게 뜨고 잘 봐. 도요새가 어느 순간 네 머리 위를 지나고 있을 테니까."

르픽 씨가 말했다.

홍당무는 두 손으로 총을 잡았다. 도요새를 직접 사냥하는 것은 이번이 처음이었다.

예전에 메추라기를 잡아 본 적은 있었다. 자고새의 날개를 스치듯 맞혀 깃털만 떨어뜨리고 토끼는 아쉽게 놓쳤다.

메추라기는 멈춰 서 있는 사냥개 바로 앞에 있었는데 홍당무가 총으로 쏘아 잡았다. 처음부터 메추라기를 알아본 것은 아니었다. 작고 둥근 황토색 공인 줄 알고 한참을 멍하게 바라보았다.

르픽 씨가 말했다.

"뒤로 물러서. 너무 가까이 있잖아."

그런데도 홍당무는 본능적으로 자꾸만 앞으로 나아갔다. 총을 겨누고 방아쇠를 당기자 누런 공처럼 보이는 새가 땅속으로 푹 꺼져 들어갔다. 메추라기는 형체를 알아볼 수 없을 정도로 으스러졌다. 깃털 몇 개와 피 묻은 부리만 남아 있었다.

젊은 사냥꾼으로 이름을 알리려면 최소한 도요새 정도는 잡아야 했다. 홍당무가 도요새를 잡는다면 일생에 기념이 될 만한 순간이 될 것이었다.

노을이 질 무렵에는 착각을 하기가 쉽다는 걸 사냥을 해 본 사람이라면 누구나 알 것이다. 사물의 윤곽이 가물거리면서 흔들려 보였다. 게다가 모기 한 마리가 날아다니는 소리조차 천둥소리처럼 마음을 뒤흔들었다. 홍당무는 가슴을 두근거리면서 이 순간이 어서 빨리 지나가기를 마음속으로 빌었다.

숲으로 돌아온 개똥지빠귀들이 참나무 사이로 잽싸게 몸을 감추었다. 홍당무는 연습 삼아 개똥지빠귀들을 겨누어 보았다. 총대에 서리는 입김을 얼른 소매로 닦았다. 낙엽들이 뒹굴며 바스락거리는 소리를 냈다.

마침내 도요새 두 마리가 날아올랐다. 긴 부리 때문인지 움직

임이 둔했다. 둘은 서로 앞서거니 뒤서거니 하며 가볍게 흔들리는 나무 위를 맴돌았다. 새들은 르픽 씨가 말해 준 것처럼 '삐유 삐유 삐유' 하며 울었다. 하지만 소리가 워낙 작아서 새가 가까이 다가오고 있는 건지 아닌 건지 도통 감이 잡히지 않았다.

홍당무는 새가 있는 쪽을 살펴보았다. 바로 그때 머리 위로 새 그림자가 지나갔다. 홍당무는 총의 개머리판을 배에 대고 하늘을 향해 어림잡아 총을 쏘았다. 요란한 총소리가 숲 전체에 물결치듯 퍼져 나갔다.

두 마리 중 한 마리가 총에 맞았다. 부리를 밑으로 떨어뜨린 채 땅으로 곤두박질쳤다. 홍당무는 날개가 부러진 도요새를 줍더니 자랑스럽게 흔들어 댔다. 화약 냄새가 진동했다.

피람이 먼저 달려왔다. 르픽 씨는 평소보다 서두르지도 않고 그렇다고 더 천천히 움직이지도 않으며 다가왔다.

'아빠가 보면 깜짝 놀라시겠지.'

홍당무는 아빠에게 칭찬을 들을 거라 기대했다. 하지만 나뭇가지를 헤치며 나타난 르픽 씨는 아직도 연기가 나는 총을 들고 있는 홍당무를 빤히 바라보았다. 그러더니 나지막한 목소리로 물었다.

"왜 두 마리를 모두 잡지 않았니?"

제 43 장
낚싯바늘

　홍당무는 자기가 잡아 온 물고기의 비늘을 벗기고 있었다. 모래무지와 잉어, 심지어 농어까지 있었다. 홍당무는 칼로 비늘을 긁어낸 다음, 배를 가르고 투명한 부레를 꺼내 발로 밟아 터뜨렸다. 내장은 고양이에게 주려고 따로 모았다. 홍당무는 하얀 거품이 이는 물통에 몸을 기울이고 옷이 젖지 않도록 조심하면서 일에 열중했다.

　르픽 부인이 슬쩍 다가왔다.

　"제법이구나. 오늘 맛있는 생선 튀김 요리를 먹을 수 있겠어. 너는 마음만 먹으면 뭐든 잘 한단 말이야."

　르픽 부인은 홍당무의 목과 어깨를 쓰다듬었다. 그러다가 갑자기 고통스러운 비명을 지르며 손을 뗐다. 손가락 끝에 그만 낚싯바늘이 걸렸던 것이다.

에르네스틴이 달려왔다. 곧 펠릭스가 뒤쫓아 왔고, 잠시 후 르픽 씨도 나타났다.

"어디 좀 봐요."

가족들이 모두 호들갑을 떨었다.

하지만 르픽 부인은 손가락을 치마로 감싸고 무릎 사이에 끼웠다. 그럴수록 낚싯바늘이 더 깊숙이 살 속으로 파고들었다. 펠릭스와 에르네스틴이 붙잡고 있는 동안, 르픽 씨가 아내의 팔을 잡아 높이 들어 올렸다. 그래서 모두가 르픽 부인의 손가락을 보게 되었다. 손가락에 낚싯바늘이 꽂혀 있었다.

르픽 씨가 낚싯바늘을 빼내려고 하자, 르픽 부인이 날카롭게 소리쳤다.

"아, 안 돼요! 그러지 말아요!"

실제로 낚싯바늘 끝의 안쪽에 갈고리 같은 미늘이 달려 있어서 한 번에 빼내기가 힘들었다.

르픽 씨가 돋보기를 쓰며 말했다.

"이런, 바늘을 부러뜨려야겠어!"

하지만 바늘을 어떻게 부러뜨린다는 말인가! 르픽 씨가 낚싯바늘을 살짝만 건드려도 르픽 부인은 기겁을 하며 소리를 질렀다. 누가 심장이라도 빼내어 죽이려고 하는 것처럼 심하게 몸부림을 쳤다. 더구나 낚싯바늘은 단단한 쇠로 되어 있었다.

"할 수 없이 살을 찢어야겠어."

르픽 씨가 돋보기를 고쳐 쓰더니, 주머니칼을 꺼내 아내의 손가락 끝에 대었다. 하지만 칼날이 무뎌서 살 속으로 파고들지 못했다. 결국 르픽 씨는 땀을 뻘뻘 흘리며 칼을 쥔 손에 힘을 꽉 주었다. 르픽 부인의 손가락에서 피가 나기 시작했다.

"아! 아이고! 아야야야!"

르픽 부인이 비명을 지르자 가족들도 모두 긴장했다.

"빨리 좀 하세요, 아빠."

에르네스틴이 말했다.

"너무 엄살떨지 마세요."

펠릭스가 엄마에게 말했다.

르픽 씨는 마음이 급해졌다. 그래서 르픽 부인의 손을 세게 베어 버렸다. 르픽 부인은 "사람 죽이네! 사람 죽여."라고 소리를 지르다가 그만 기절을 하고 말았다. 차라리 그게 나았다.

르픽 씨는 얼굴이 창백하게 질린 채 미친 듯이 살을 후벼 팠다. 손에서 피가 줄줄 흘러내렸다. 마침내 낚싯바늘이 떨어져 나갔다.

후유!

그때까지 홍당무는 아무런 도움도 주지 못했다. 엄마의 첫 번째 비명을 듣자마자 도망을 쳤기 때문이다. 계단에 앉아 두 손으로 머리를 감싸며 어찌 된 일인지 생각해 보았다. 아마도 낚싯줄을 멀리 던졌을 때 낚싯바늘이 옷에 걸린 것 같았다.

"그래서 물고기가 걸리지 않았던 거구나."

홍당무는 혼자 중얼거렸다.

엄마가 아프다며 비명을 질렀지만 홍당무는 슬프지 않았다. 조금 있으면 홍당무도 엄마만큼이나 비명을 지르며 목이 쉴 때까지 소리를 지를 테니까. 그래야 엄마가 충분히 복수했다고 생각해서 홍당무를 가만히 내버려 둘 것이다.

이웃 사람들이 우르르 몰려와 홍당무에게 물었다.

"홍당무야, 너희 집에 무슨 일 있니?"

홍당무는 귀를 틀어막고 아무 말도 하지 않았다. 손을 활짝 펴서 붉은 머리카락이 보이지 않을 정도로 머리를 감쌌다. 이웃 사람들은 계단 밑에 자리를 잡고 소식을 기다렸다.

마침내 르픽 부인이 모습을 드러냈다. 방금 아이를 낳은 산모처럼 얼굴이 창백했다. 그러면서도 위기의 순간을 넘긴 걸 자랑스러워하듯 붕대를 감은 손가락을 앞으로 내밀었다. 르픽 부인은 상처가 욱신거리며 아팠지만 애써 참고 있었다.

집 앞에 모여 있는 사람들에게 미소를 지어 보이며 안심시켰다. 그러고 나서 다정하게 홍당무에게 말했다.

"사랑스러운 아들아, 엄마가 얼마나 아팠는지 아니? 하지만 널 원망하고 싶지는 않아. 네가 일부러 그런 것도 아니잖니?"

르픽 부인이 홍당무에게 이렇게 부드러운 목소리로 말한 것은 처음이었다. 홍당무는 깜짝 놀라 고개를 들었다. 헝겊으로 친친 싸맨 엄마의 손가락이 눈에 들어왔다. 굵고 네모난 모양이 마치 가난한 아이들이 가지고 노는 장난감 인형처럼 보였다.

홍당무의 메마른 눈에 금세 눈물이 고였다.

르픽 부인이 몸을 굽히자 홍당무는 반사적으로 팔꿈치를 들어 얼굴을 가리며 몸을 피했다. 하지만 르픽 부인은 이웃 사람들이 보는 앞에서 홍당무를 다정하게 끌어안았다.

홍당무는 어찌 된 일인지 몰라 어리둥절해지면서 눈물이 왈칵 쏟아졌다.

"이미 끝난 일이야. 난 널 용서했단다. 내가 그렇게 심술궂은 줄 아니?"

홍당무는 아까보다 더 크게 소리 내며 서럽게 울었다.

"얘가 왜 이러지? 남들이 보면 내가 애를 잡는 줄 알겠네."

르픽 부인이 이웃 사람들을 보며 말했다. 모두들 그녀의 다정함에 감동하고 있었다.

르픽 부인이 낚싯바늘을 보여 주자 모두들 신기해하며 살펴보았다. 어떤 사람은 8호 바늘이 틀림없다고 자신 있게 말했다. 차츰 말하기가 편해지자 르픽 부인은 사람들에게 어떻게 된 일인지 미주알고주알 떠들어 댔다.

"말도 마세요. 내가 이 애를 정말로 사랑하지 않았다면 그 순간 너무 화가 나서 이 아이의 목을 졸랐을지도 몰라요. 그 정도로 아팠다니까요! 이렇게 작은 낚싯바늘이 어찌나 날카로운지 그대로 죽는 줄 알았어요."

에르네스틴은 마당 구석에 구멍을 파서 낚싯바늘을 묻고 발로 꾹꾹 밟아 버리자고 제안했다.

"안 돼! 내가 가질 거야. 이걸로 낚시를 하면 정말로 굉장하지 않겠어? 엄마의 피가 묻었던 바늘이니까 효과가 끝내줄걸. 물고기들이 서로 물려고 난리일 거야. 허벅지만 한 물고기를 잡을 거라고."

펠릭스가 말했다.

펠릭스는 홍당무를 잡고 흔들었다. 홍당무는 아직까지도 벌을 받지 않았다는 사실에 어리둥절했다. 자신이 잘못을 뉘우치고 있다는 걸 보여 주기 위해 목이 쉬도록 울어 댔다. 못생긴 주근깨투성이 얼굴을 연신 닦으며 눈물을 줄줄 흘렸다.

제 44 장

은 화

1

르픽 부인 : 뭐 잃어버린 것 없니, 홍당무야?

홍당무 : 없는데요, 엄마.

르픽 부인 : 어떻게 찾아보지도 않고 없다고 하니? 주머니를
  뒤져 보고 말해.

홍당무 : (주머니를 뒤집자 당나귀 귀처럼 축 늘어진 안감이 밖으로
  나온다.) 아! 있어요, 엄마. 얼른 돌려주세요.

르픽 부인 : 뭘 돌려 달라는 거니? 뭘 잃어버렸는지 알기나
  해? 혹시나 해서 물어본 건데 내 생각이 딱 들어맞았네.

그래, 대체 뭘 잃어버렸니?

홍당무 : 몰라요.

르픽 부인 : 정신 차려! 거짓말을 할 셈이야? 정신 나간 붕어
처럼 횡설수설하기는. 찬찬히 생각해 봐. 뭘 잃어버렸니?
팽이?

홍당무 : 아, 그거예요. 미처 생각을 못 했네요. 팽이 맞아요,
엄마.

르픽 부인 : '아니에요, 엄마.'라고 해야지. 팽이는 아니야. 지
난주에 내가 빼앗은 걸 그새 또 까먹었구나.

홍당무 : 그럼, 주머니칼이겠네요.

르픽 부인 : 무슨 칼? 누가 너한테 칼을 줬니?

홍당무 : 아무도 준 적 없어요.

르픽 부인 : 한심한 녀석. 이런 식이라면 끝도 없겠다. 누가 보
면 내가 너를 하도 구박해서 주눅이 들었다고 오해하겠
어. 여긴 너와 나, 둘뿐이야. 지금 엄마가 친절하게 묻고
있잖아. 엄마를 사랑하는 아들이라면 엄마한테 모든 걸
털어놔야지. 내가 보기엔 네가 은화 한 닢을 잃어버린 것
같은데, 아니니? 잘은 모르지만 틀림없어. 거짓말할 생각
은 하지 마라. 코를 벌렁거리는 걸 보니 맞네!

홍당무 : 엄마, 사실 은화가 있었어요. 대부님이 일요일에 주
셨거든요. 그런데 그걸 잃어버렸어요. 속상하지만 어쩔

수 없잖아요. 아깝지만 잊어버려야죠. 전 그 은화가 아주 중요하다고 생각하지 않았어요. 은화 한 닢이야 있으나 마나니까요.

르픽 부인 : 요놈 봐라. 아주 건방을 떠는구나! 내가 성격이 좋아서 네 얘기를 다 들어주는 거야. 대부가 너를 얼마나 귀여워해 주시는데 선물을 그렇게 하찮게 여겨도 돼? 대부가 이 말을 들으시면 얼마나 언짢으시겠니?

홍당무 : 엄마, 제가 쓰고 싶은 데에 그 은화를 써 버렸다고 생각하세요. 평생 간직할 수는 없잖아요.

르픽 부인 : 못된 녀석, 이제 그만해! 돈은 잃어버려도 안 되고 허락 없이 막 써도 안 되는 거야. 지금 가지고 있지 않다면 벌어 오든지, 아니면 찾아오든지, 그것도 아니면 직접 만들든지 해라. 쓸데없는 소리 그만하고 내 눈앞에서 꺼져.

홍당무 : 네, 엄마.

르픽 부인 : 대답은 넙죽 잘 하지. 제발 이상한 짓 좀 그만해. 콧노래를 부르거나 휘파람 소리를 내거나 천하태평인 마부 흉내를 내고 있으면 혼날 줄 알아. 또 한 번만 그런 짓을 하면 이젠 안 봐줘.

2

홍당무는 정원의 샛길을 느릿느릿 걸었다. 저절로 한숨이 비어져 나왔다. 은화를 찾는 척하면서 괜히 코를 킁킁거렸다. 엄마가 자기를 감시하는 느낌이 들면 그 자리에 멈추어 서거나 몸을 굽혀 손가락으로 풀이나 모래 더미 속을 뒤졌다. 르픽 부인의 시선이 더 이상 느껴지지 않으면 은화 찾는 일을 아예 멈췄다. 그저 찾는 시늉만 하며 정원을 어슬렁거렸다.

대체 은화는 어디에 있는 것일까? 저기 나무 위? 아니면 허름한 새 둥지 안에 있을까?

특별히 뭘 찾지 않고 그냥 걷는 사람들은 가끔 금화를 발견할 때가 있다. 실제로 그런 일이 있기도 했다. 하지만 홍당무는 땅바닥을 거의 기어 다니다시피 하며 무릎과 손톱이 닳도록 찾아봤지만 핀 하나도 줍지 못했다.

홍당무는 더 이상 찾아 헤맬 힘도 없고, 막연한 희망으로 은화를 찾는 일에 지쳐 버렸다. 이쯤에서 단념하고 집으로 돌아가 엄마의 기분을 살펴보기로 했다. 어쩌면 엄마의 기분이 풀려서 은화를 못 찾았어도 크게 야단을 치지 않을지도 몰랐다.

그런데 집 안에서 르픽 부인이 보이지 않았다. 홍당무는 조심스럽게 엄마를 불렀다.

"엄마, 엄마!"

아무런 대답이 없었다. 방금 나갔는지 바느질 탁자의 서랍이 열려 있었다. 털실과 바늘, 흰색, 빨간색, 검은색 실패 사이에서 은화 몇 닢이 보였다.

서랍 속에서 오래전부터 굴러다닌 것 같았다. 그 속에서 곤히 잠들어 있다가 가끔 서랍이 열리면 이리 밀리고 저리 밀리며 깨어나는 동전들. 모두 몇 개가 있는지 셀 수도 없었다.

처음에는 세 개인 줄 알았는데 자세히 보니 네 개, 아니 여덟 개는 족히 되었다. 수를 세기가 꽤 까다로웠다. 아예 서랍을 통째로 뒤집어서 실 꾸러미들을 하나하나 흔들어 보아야 정확한 수를 알 수 있었다. 그 정도로 뒤죽박죽 섞여 있는데 어찌 한눈에 은화의 개수를 알 수 있을까.

홍당무는 아주 중요할 때마다 사용하지만, 실제로는 전혀 도움이 되지 않는 자신의 재치를 발휘해 보기로 했다. 마음을 굳게 먹고 팔을 뻗어 은화 하나를 훔친 뒤 잽싸게 밖으로 달아났다.

들킬까 봐 두려워서 망설이거나 후회할 틈도 없었다. 다시 바느질 탁자로 돌아갈 엄두도 나지 않았다.

어찌나 급하게 뛰었는지 멈춰 서기도 힘들었다. 홍당무는 정원의 샛길을 지나 적당한 곳을 골랐다. 그곳에 은화를 슬쩍 떨어뜨리고는 발뒤꿈치로 흙을 파헤쳐 은화를 숨긴 다음 얼른 그 위에 배를 깔고 엎드렸다. 풀잎이 자꾸만 코끝을 간질였다.

홍당무는 바닥을 마구 기어 다니며 여기저기에 동그라미를 그렸다. 그 모습이 마치 눈을 가리고 술래잡기를 하는 것 같았다. 술래잡기를 할 때면 술래 옆에 있는 친구가 장딴지를 툭 치며 이렇게 외치곤 했다.

"조심해! 거의 다 왔어. 조금만 더!"

3

홍당무 : 엄마, 엄마, 저 은화 찾았어요!

르픽 부인 : 나도 찾았어.

홍당무 : 정말이에요? 여기도 있는데.

르픽 부인 : 여기에도 있어.

홍당무 : 어? 보여 주세요.

르픽 부인 : 너 먼저 보여 줘.

홍당무 : (홍당무가 은화를 내밀자 르픽 부인도 은화를 꺼낸다. 홍당무가 손으로 만지작거리며 두 은화를 비교한다. 그리고 머릿속으로 무슨 말을 할지 고민한다.) 이상하네요. 엄마는 어디에서 찾으셨어요? 저는 정원 오솔길에서요. 배나무 밑에서 찾았어요. 스무 번도 넘게 지나다녔는데 몰랐던 거 있죠? 처음에는 종잇조각이나 흰제비꽃인 줄 알고 가까이 가서 볼 생각도 하지 않았어요. 풀밭에서 뒹굴거리고 놀 때 주머

니에서 떨어졌나 봐요. 저기 좀 보세요, 엄마. 이 괘씸한 녀석이 저기 구멍에 들어가 있었다고요. 나를 감쪽같이 속이고 고소해하면서 말이에요.

르픽 부인 : 그래, 그럴 수도 있겠구나.

그런데 난 이 은화를 네 외투 주머니에서 찾았어. 그렇게 주의를 주었는데도 옷을 갈아입을 때 호주머니 속을 보지 않더구나. 이참에 네 버릇을 단단히 고쳐 주고 싶었단다. 교육을 좀 시키려고 일부러 은화를 찾아보라고 했지. 그런데 찾는 자는 항상 무언가를 얻는다는 말이 맞나 보구나. 은화가 두 닢이나 생겼으니까. 너는 부자가 되었구나. 어쨌든 좋게 마무리되었으니 잘된 일이야. 혹시나 해서 충고하는데, 돈이 꼭 행복을 가져다주는 것은 아니란다.

홍당무 : 이제 나가서 놀아도 돼요, 엄마?

르픽 부인 : 그래, 마음껏 놀아라. 유치한 장난은 하지 말고. 은화는 둘 다 가지고 가.

홍당무 : 아니에요, 엄마. 하나만 있어도 돼요. 제가 필요하다고 할 때 주세요. 그때까지 엄마가 맡아 주세요. 그렇게 해주실 거죠?

르픽 부인 : 아니야. 가까운 사이일수록 계산을 정확히 해야 하는 거야. 네 돈은 네가 갖고 있어야 해. 대부가 주신 거

랑 배나무 밑에서 주운 것 둘 다 네 것이니까. 물론 배나무 밑에 있던 은화의 진짜 주인이 나타나지 않는다면 말이야. 그건 그렇고 누가 떨어뜨렸을까? 아무리 생각해 봐도 모르겠구나. 혹시 짐작 가는 사람이 있니?

홍당무 : 아니요, 전혀요. 별로 관심 없어요. 내일 생각해 볼게요. 저 놀러 가요, 엄마. 고맙습니다.

르픽 부인 : 잠깐만! 혹시 정원사의 돈이 아닐까?

홍당무 : 제가 빨리 가서 여쭤 보고 올까요?

르픽 부인 : 아니다. 가지 말고 여기서 나를 도와주렴. 다시 좀 생각을 해 보자. 아빠가 그 연세에 돈을 떨어뜨리는 실수를 하실 리 없고, 네 누나는 돈이 생기면 바로 저금통에 넣으니까 아닐 거고, 형은 받는 족족 써 버리니 잃어버릴 시간이란 게 없지. 그럼, 나밖에 없는데.

홍당무 : 설마요, 엄마. 엄마는 성격이 꼼꼼해서 물건을 잘 챙기시잖아요.

르픽 부인 : 어른들도 아이들처럼 가끔씩 실수를 할 때가 있거든. 그만하자. 신경 쓰지 말고 놀다 오렴. 너무 멀리 가지 말고. 엄마는 바느질 탁자의 서랍 좀 살펴봐야겠다. (저만치 뛰어나갔던 홍당무가 휙 돌아서더니 멀어져 가는 엄마를 따라갔다. 그러더니 쏜살같이 엄마를 앞질렀다. 엄마 앞을 가로막으며 아무 말 없이 한쪽 뺨을 내밀었다.)

르픽 부인 : (오른손을 들고 금방 때릴 듯하더니) 네가 거짓말쟁이 라는 것은 알았지만 이 정도인 줄은 몰랐구나. 어느새 거 짓말이 배로 늘었네. 어디 그렇게 계속해 봐. 바늘 도둑이 소도둑 된다는 말이 맞아. 나중에는 이 엄마까지 잡아먹 고 오리발을 내밀겠구나. (첫 번째 따귀가 날아온다.)

제 45 장
자기 의견

　르픽 씨와 에르네스틴, 펠릭스, 그리고 홍당무는 밤늦게까지 난롯가에 앉아 있었다. 난로에서는 나무 그루터기가 뿌리째 타고 있었고, 의자 네 개는 앞다리가 짧아서 살짝 흔들렸다. 가족들은 서로 대화를 나누는 중이었다. 홍당무는 르픽 부인이 자리를 비운 사이에 자기 의견을 줄줄 쏟아 냈다.

　"제 생각에 가족이라는 말은 아무런 의미가 없는 것 같아요. 하지만 아빠, 제가 아빠를 얼마나 사랑하는지 아시죠? 아빠는 제게 친구 같은 존재예요. 사실, 아빠는 좋은 아빠라고 할 수는 없어요. 그래도 전 아빠의 사랑을 감사히 여기고 있어요. 어쨌든 저에게 친절하게 대해 주시니까요."

"으음!"

르픽 씨가 대답했다.

"그럼 난? 나는 어때?"

펠릭스와 에르네스틴이 동시에 물었다.

"똑같지, 뭐. 형이랑 누나가 내 가족이 된 건 사실 우연히 벌어진 일이잖아. 그러니 내가 형과 누나에게 가족이 되어 줘서 고맙다고 해야 할 이유는 없는 거지. 우리 셋이 르픽 가족이 된 것은 어느 누구의 의도도 아니야. 형이랑 누나도 어쩔 수 없었을걸. 그러니 뜻하지 않게 형제자매가 된 걸 감사할 필요는 없는 것 같아. 하지만 형이 나를 보호해 주고, 누나가 잘 돌봐 주는 건 고마워."

"천만의 말씀."

펠릭스가 대답했다.

"넌 그런 엉뚱한 생각을 도대체 어디서 주워들었니?"

에르네스틴이 물었다.

그러자 홍당무가 덧붙였다.

"일반적으로 그렇다는 말이야. 누구한테 들어서 하는 얘기가 아니고. 만약에 엄마가 이 자리에 계셨어도 난 똑같이 말했을 거야."

"아니, 너는 그럴 수 없을걸."

펠릭스가 말했다.

"내 말이 어때서? 내 생각을 삐딱하게 보지 마! 사랑하는 마음이 없어서가 아니야! 내가 아빠와 형, 누나를 얼마나 사랑하는지 모를 거야. 하지만 그건 평범하고 본능적이고 일상적인 사랑이 아니야. 의지적이고 이성적이며 논리적인 사랑이지. 논리적인 사랑. 내가 찾던 말이 바로 그거야."

홍당무가 대답했다.

"무슨 뜻인지도 모르는 단어를 함부로 쓰는 버릇은 언제쯤 고칠래?"

르픽 씨가 잠자리에 들려고 일어서며 말했다.

"어린것이 다른 사람들을 가르치려 드는 버릇도 그렇고. 내가 돌아가신 할아버지 앞에서 그런 헛소리를 했다면 발로 걷어차이고도 모자라 뺨도 얻어맞았을 거야. 잘난 척해 봤자 내가 그분의 아들에 지나지 않는다는 걸 온몸으로 느끼게 하셨을걸."

"그냥 심심해서 지껄여 본 거예요."

홍당무는 마음이 불안해져서 황급히 말을 바꿨다.

"그만 입을 다무는 게 낫겠다."

르픽 씨가 초를 손에 들고 이렇게 말했다.

아빠가 사라지자 펠릭스도 곧 뒤따라 나갔다.

"안녕, 친구야! 즐거운 시간 보내."

펠릭스가 홍당무에게 인사를 하자 에르네스틴도 자리에서 일어서며 진지하게 말했다.

"잘 자, 친구!"

홀로 남은 홍당무는 어쩔 줄을 몰랐다.

그렇지 않아도 어제 르픽 씨가 홍당무에게 깊이 있게 생각하라고 조언을 한 참이었다.

"대체 네가 말하는 '모두'가 누구냐? 모두라는 것은 존재하지 않아. 모든 사람은 결국 아무도 아니란 뜻이야. 넌 네가 어디선가 들은 말을 아무 생각 없이 앵무새처럼 잘도 따라 하더구나. 네가 스스로 생각해서 말해 보렴. 너의 개인적인 생각, 그러니까 너만의 의견을 말해 봐. 처음에는 한마디부터 시작해도 좋아."

홍당무는 아빠의 조언을 듣고 용기를 내어 자기 생각을 말했다. 하지만 된통 무시를 당하고 말았던 것이다. 홍당무는 난롯불을 끄고 의자를 벽 쪽으로 나란히 밀어 놓은 다음 벽시계에 인사를 하고 방으로 갔다. 홍당무의 방은 지하실로 통하는 계단 쪽에 있어서 지하실 방으로 불렸다.

여름에는 시원해서 지내기가 좋았다. 냉기가 있어서 사냥감을 일주일씩 보관할 수도 있었다. 방에는 지난번에 잡은 토끼의 코가 피 묻은 그대로 접시에 담겨 있었다. 암탉에게 줄 모이가 가득 든 바구니도 여러 개 있었다. 홍당무는 두 팔을 걷어붙이고 닭 모이가 든 바구니에 팔꿈치까지 쑤셔 넣고 손을 휘저으며 장난을 쳤다.

가끔은 옷걸이에 걸려 있는 가족들의 옷이 위협적으로 느껴지기도 했다. 마치 선반 위에 신발을 가지런히 벗어 놓고 옷걸이에 목을 맨 사람들처럼 보였기 때문이다.

하지만 그날 밤에는 전혀 무섭지 않았다. 침대 밑을 힐끗 보지도 않았다. 달빛도 어두운 그림자도 무섭지 않았다. 창문으로 뛰어내릴 사람들을 위해 일부러 파 놓은 것처럼 보이는 정원의 우물도 겁나지 않았다.

무섭다고 생각하면 진짜 무서워질 것 같아서 홍당무는 그런 생각을 아예 하지 않으려고 했다. 붉은색 돌바닥의 냉기를 조금이라도 덜 느끼려고 셔츠만 입은 채 까치발로 걸어 다니는 짓도 하지 않았다.

홍당무는 침대에 누워 눅눅해진 벽에 생긴 얼룩을 바라보았다. 그리고 계속해서 자기 의견에 대해 생각했다. 자기 의견이란 결국 자신만 알고 있는, 즉 혼자 외롭게 간직해야 하는 것이라는 걸 문득 깨달았다.

제 46 장
나뭇잎들이 우수수

홍당무는 한참 동안 거대한 미루나무 꼭대기에 달린 나뭇잎을 꿈꾸듯 바라보았다. 그리고 한껏 공상에 빠져서 그 나뭇잎이 움직이기를 기다렸다.

나뭇잎은 나뭇가지에서 떨어져 나와 자유롭게 살고 있는 것처럼 보였다. 그 나뭇잎은 매일 첫 햇살과 마지막 햇살을 받으며 황금색으로 빛났다.

그런데 낮 12시부터 그 잎이 죽은 것처럼 꼼짝도 하지 않았다. 나뭇잎이라기보다는 얼룩처럼 보였다. 홍당무가 인내심을 잃고 마음이 급해질 때쯤 드디어 나뭇잎이 신호를 보냈다.

그러자 근처에 있던 다른 나뭇잎도 신호를 보내기 시작했다.

이어서 멀리 떨어진 나뭇잎들도 신호를 보냈고, 그 신호는 나무 전체로 재빠르게 퍼져 나갔다. 위험을 알리는 신호였다. 지평선 너머에서 둥근 갈색 모자를 연상시키는 구름 떼가 나타났던 것이다.

미루나무는 몸을 부르르 떨고 있었다. 몸을 움직여서라도 자신을 짓누르는 묵직한 공기를 날려 보내려고 했다. 미루나무의 불안은 너도밤나무, 떡갈나무, 마로니에에게도 고스란히 전해졌다. 마침내 정원에 있는 나무들은 너나 할 것 없이 둥근 모자처럼 생긴 잿빛 구름 떼가 점차 다가오고 있음을 서로에게 알렸다.

나무들은 먼저 가느다란 가지를 흔들었다. 그러자 날콩을 튀기듯 통통 뛰며 시도 때도 없이 노래를 부르던 티티새, 방금 전까지도 정신없이 여러 가지 소리를 내던 도요새와 꼬리를 까딱거리는 까치까지 모든 새들이 일제히 울음을 멈췄다.

나무들은 이제 적에게 겁을 주는 것처럼 굵은 가지를 촉수처럼 흔들었다.

구름 떼는 푸르스름한 빛깔을 뿜내며 천천히 다가왔다. 점점 하늘을 뒤덮으며 푸른 하늘을 몰아내고 공기가 새어 들어올 만한 구멍을 모두 막기 시작했다. 홍당무의 숨통까지 죄어오는 것 같았다. 구름 떼가 자기 무게를 못 이겨 마을로 툭 떨어질 것 같았다. 하지만 종탑에 이르자, 뾰족한 종탑에 걸려 찢어질까 봐 겁이 났는지 가만히 멈춰 섰다.

구름 떼가 선포도 없이 무작정 다가오자 정원의 나무들은 공포에 사로잡혀 한바탕 대소동이 일어났다. 화가 나면서도 당황한 나뭇가지들이 서로 한데 뒤엉켰다.

홍당무는 나뭇가지에 자리 잡은 새의 둥지를 떠올렸다. 그 속에는 눈이 휘둥그레진 새끼들이 입을 벌리고 있을 터였다.

축 늘어져 있던 나뭇가지 끝이 잠에서 깬 듯 고개를 들었다. 나뭇잎들이 바람에 마구 흩날리다가 떼를 지어 날아갔다 다시 돌아오는 새들처럼 겁에 질린 듯 되돌아와서는 나무에 붙어 떨어지지 않으려고 바동거렸다.

가냘픈 아카시아 잎들은 한숨을 내쉬었다. 껍질이 벗겨진 자작나무 잎들은 괴로운 듯 신음 소리를 냈다. 마로니에 잎들은 휘파람 소리를 내며 흩날렸고, 쥐방울덩굴도 벽을 따라 기어오르며 물결치듯이 출렁거렸다.

조금 아래쪽에서는 키 작은 사과나무들이 가지를 흔드는 바람에 사과가 둔탁한 소리를 내며 땅으로 떨어졌다. 그보다 더 아래쪽에 있는 까치밥나무는 붉은 열매를 핏방울처럼 뚝뚝 흘렸고, 가막까치밥나무의 열매들은 검은 잉크 방울처럼 떨어져 내렸다.

더 밑으로 내려가면 양배추들이 술에 취한 듯 잎사귀를 당나귀 귀처럼 흔들어 댔다. 또 성난 양파들이 서로 몸을 부딪쳐 씨앗을 가득 품어 둥글게 부푼 주머니를 터뜨렸다.

무슨 일일까? 도대체 뭣 때문에 저러는 거지? 천둥이 친 것도 아니고 우박이 떨어진 것도 아니었다. 번개도 치지 않았고 비도 내리지 않았다.

나무들과 홍당무를 겁먹게 한 것은 다름 아닌 비바람을 몰고 오는 높은 하늘의 검은 구름 떼였다. 그래서 대낮인데도 시커먼 어둠이 몰아닥쳤다. 이제 그 거대한 어둠의 모자는 나지막한 곳에 드리워져 태양의 얼굴을 완전히 가리고 있었다.

홍당무는 어둠의 모자가 계속해서 움직이고 있다는 것을 눈치챘다. 어둠의 모자도 언젠가는 구름이 되어서 흘러 다니다 서서히 사라지게 될 것이다. 그렇게 되면 해가 다시 반갑게 얼굴을 드러내겠지. 그러나 아직은 아니었다.

어둠의 모자는 하늘을 완전히 감싸 안았다. 홍당무의 머리와 이마까지 감싸는 듯했다. 홍당무는 두 눈을 꼭 감았다. 어둠의 모자가 홍당무의 눈꺼풀을 짓누르는 것 같아 고통스러웠다.

홍당무는 손가락으로 귀를 틀어막았다. 그러나 폭풍은 날카로운 소리를 지르고 회오리바람을 일으키며 몸속까지 파고들었다.

폭풍은 길에 버려진 종잇조각을 줍듯, 홍당무의 심장을 집어든 채 마구 짓이겨 구기고 돌돌 말아 들어 올렸다가 납작하고 조그맣게 뭉쳐 버렸다.

홍당무의 심장은 작은 콩알처럼 졸아들었다.

제 47 장

반 항

1

르픽 부인 : 우리 착한 아들, 홍당무야! 엄마가 부탁이 있는데 방앗간에 가서 버터 한 덩어리만 사 올래? 네가 올 때까지 식사를 하지 않고 기다릴게.

홍당무 : 싫어요, 엄마.

르픽 부인 : 뭐? 왜 싫다는 거니? 어서 갔다 와. 기다리고 있을 테니까.

홍당무 : 싫어요, 엄마. 방앗간에는 절대 가지 않을 거예요.

르픽 부인 : 뭐? 진짜 안 간다고? 무슨 소리냐? 누가 시키는 심

부름인데. 감히……, 너 지금 잠꼬대하니?

홍당무 : 아니요.

르픽 부인 : 세상에 이런 일이. 홍당무야, 난 널 정말 이해할 수가 없구나. 내 말 못 들었니? 지금 당장 방앗간에 가거라! 버터 한 덩어리를 사 오라니까!

홍당무 : 들었어요. 그래도 안 갈 거예요.

르픽 부인 : 아니, 지금 내가 꿈을 꾸는 건가? 이게 무슨 날벼락 같은 일이야? 홍당무, 네가 내 말을 거역한 건 생전 처음이구나.

홍당무 : 맞아요, 엄마.

르픽 부인 : 엄마 말을 안 듣기로 작정한 거냐?

홍당무 : 네, 엄마 말을 듣지 않을 거예요.

르픽 부인 : 언제까지 그러나 두고 보자. 자, 당장 뛰어갔다 오지 못하겠니?

홍당무 : 안 갈래요, 엄마.

르픽 부인 : 입 다물고 당장 뛰어가지 못해?

홍당무 : 조용히는 할게요. 하지만 안 가요.

르픽 부인 : 이 접시 들고 어서 갔다 와!

2

홍당무는 입을 꾹 다문 채 꼼짝도 하지 않았다.

"드디어 혁명이 일어났군!"

르픽 부인이 계단에서 양팔을 번쩍 들며 외쳤다.

홍당무가 이렇게 반항하는 건 이번이 처음이었다. 혹시 다른 일을 하고 있어서 방해가 되거나 한창 신 나게 놀고 있을 때 심부름을 시켰다면 그럴 수도 있었다.

하지만 홍당무는 바닥에 주저앉아 손가락을 빙빙 돌리며 빈둥거리고 있었다. 바람이 불어오자 눈을 살짝 감았다. 그러다가 고개를 꼿꼿이 들고 엄마를 똑바로 쳐다보았다. 르픽 부인은 어찌 된 일인지 도무지 이해가 가지 않았다.

르픽 부인은 가족들을 불러 도움을 청했다.

"에르네스틴, 펠릭스, 믿을 수 없는 일이 일어났어! 아버지와 함께 나와 보렴. 아가트도 나오너라. 다 나와서 좀 보라니까!"

거리를 지나던 사람들도 걸음을 멈추고 구경했다.

홍당무는 가족들과 멀리 떨어져 마당 한가운데에 앉아 있었다. 위험한 순간이 닥쳤는데도 전혀 당황하지 않고 태연한 자신이 그저 놀라울 뿐이었다. 더군다나 르픽 부인이 자기를 때리는 것마저 잊었다는 사실이 홍당무를 더욱 놀라게 했다. 르픽 부인에게는 한 번도 상상하지 못했던 이 순간이 너무나 당황스러워

평소에 쓰던 습관마저 까먹고 있었다.

르픽 부인은 빨갛게 달아오른 송곳처럼 날카로운 눈빛으로 아들을 쏘아보았다. 위협적인 행동을 하지는 않았지만 속에서 부글부글 끓어오르는 화를 참을 수가 없었다. 결국 분을 참지 못하고 흥분해서 씩씩거리며 말했다.

"여러분, 나는 홍당무에게 아주 간단한 심부름을 해 달라고 부탁했어요. 산책도 할 겸 방앗간에 갔다 오라고 말이에요. 그런데 얘가 뭐라고 대답한 줄 아세요? 직접 물어보세요. 내가 말하면 꾸며 냈다고 생각하실 수도 있으니까요."

모두들 짐작하고 있었다. 홍당무의 태도를 보니 물어보지 않아도 알 수 있었다.

상냥한 에르네스틴이 홍당무에게 다가가 귀엣말로 이렇게 말했다.

"조심해. 이러다가 큰일 날 거야. 혼나기 전에 어서 엄마 말 들어. 너를 사랑하는 누나의 말을 들으라니까."

펠릭스는 재미있는 구경거리를 만난 듯 아무에게도 자리를 내주지 않았다. 그러나 홍당무가 심부름을 하지 않으면 자기가 심부름을 할 수도 있다는 사실은 꿈에도 생각하지 못했다. 오히려 펠릭스는 홍당무를 응원하고 싶었다. 어제까지만 해도 동생을 무시하고 겁쟁이라고 생각했다. 하지만 지금은 자기와 동등한 위치에 있다는 생각이 들어 자랑스러웠다.

펠릭스는 홍당무의 반항을 반갑게 여기며 즐기고 있었다.

르픽 부인이 넋이 나간 표정으로 말했다.

"세상이 뒤집혔나 봐요. 나는 더 이상 끼어들고 싶지도 않네요. 난 이만 물러날 테니 누가 저 사나운 짐승 같은 녀석을 길들여 보세요. 아버지와 아들, 둘이 알아서 잘 해결해 보라고요."

"아빠."

홍당무는 금방이라도 울 것 같은 목소리로 말했다. 생전 처음 겪는 일이니 그럴 만도 했다.

"아빠가 저에게 방앗간에 가서 버터를 사 오라고 하시면 기꺼이 가겠어요. 아빠를 위해서요. 하지만 엄마를 위한 심부름은 절대로 하지 않을 거예요."

르픽 씨는 홍당무의 애정이 반갑기보다는 난처했다. 고작 버터 한 덩어리 때문에 일어난 사건을 구경하려고 몰려든 사람들 앞에서 권위를 세워야 하는 게 여간 거북하지 않았다.

르픽 씨는 어색하게 마당을 몇 발자국 걷더니 어깨를 으쓱하고는 등을 돌려 집으로 들어가 버렸다.

이번 사건은 일단 이렇게 끝이 났다.

제 48 장
최후의 말

르픽 부인은 저녁 식탁에 나타나지 않았다. 몸져누웠기 때문이다. 가족들 모두 아무 말이 없었다. 평소에도 그랬지만 이번 반항 사건으로 다들 식사 자리가 불편했다.

르픽 씨가 냅킨을 접어서 식탁 위에 툭 던지며 말했다.

"오래된 큰길에 있는 언덕까지 아빠랑 산책 갈 사람?"

홍당무는 아빠가 자기와 이야기하고 싶어 한다는 것을 눈치챘다. 그래서 잠자코 일어나 늘 하던 대로 의자를 벽 쪽으로 밀어 정리해 놓고 아빠의 뒤를 따라갔다.

둘 다 말없이 걷기만 했다. 피해 갈 수 없는 질문이 나오려면 시간이 좀 걸리는 법이다.

홍당무는 속으로 아빠의 질문을 예상하면서 어떤 대답을 해야 할지 생각했다. 이제 말할 준비가 되었다.

가슴이 두근거리기는 했지만 자기가 한 일을 후회하지는 않았다. 낮에 받은 충격이 워낙 커서 그보다 더 심한 일을 겪어도 끄떡없을 것 같았다. 무언가 결심한 듯한 르픽 씨의 목소리에 홍당무는 오히려 마음이 놓였다.

르픽 씨 : 낮에 네가 한 행동에 대해 설명해 봐. 엄마가 너 때문에 얼마나 속상해하셨는지 알아?

홍당무 : 아빠, 오랫동안 망설인 일이에요. 이제는 결단을 내릴 때라고요. 전부 고백할게요. 솔직히 말하면 전 엄마를 사랑하지 않아요.

르픽 씨 : 이런, 왜 그런 생각을 하는 거지? 언제부터 그랬니?

홍당무 : 모든 게 다 싫어요. 제가 엄마를 알게 된 그 순간부터요.

르픽 씨 : 아! 정말 슬픈 일이구나. 엄마가 너한테 어떻게 했는지 다 얘기해 보렴.

홍당무 : 너무 많아서 끝이 안 날 거예요. 그동안 아빠는 전혀 눈치채지 못하셨어요?

르픽 씨 : 네가 뿌루퉁해 있는 모습은 자주 봤다만.

홍당무 : 뿌루퉁해 있다고 말하니까 기분이 좀 나쁘네요. 다

들 그렇게 말하죠. 홍당무는 화를 낼 줄 몰라. 그럴 땐 그냥 가만히 내버려 두면 돼. 기분이 풀리면 조용히 나와서 다시 실실 웃을 테니까. 괜히 홍당무에게 신경 쓰는 척하면 안 돼. 별일도 아니거든.

죄송해요, 아빠. 엄마 아빠나 다른 사람들이 보기엔 별로 중요하지 않겠지만 제가 가끔 뿌루퉁해 있을 때가 있어요. 그건 저도 인정해요. 하지만 저도 정말 참을 수 없을 정도로 화가 난 적이 있어요. 제가 엄마한테 받은 모욕을 도저히 잊을 수가 없다고요.

르픽 씨 : 잊어라, 그런 일은 잊어야 해. 안 좋은 말을 들었어도 잊으려고 애써라.

홍당무 : 그게 안 돼요. 아빠는 아무것도 모르세요. 집에 잘 안 계셨잖아요.

르픽 씨 : 아빠는 할 일이 많잖니?

홍당무 : (그럴 줄 알았다는 듯) 그렇죠, 일은 일이니까요. 아빠가 바깥일에만 신경을 쓰시는 동안, 이제야 하는 말이지만, 제가 엄마한테 얼마나 많이 맞았는데요. 그렇다고 그게 아빠 탓이라는 건 아니에요. 제가 아빠에게 말씀드렸으면 아빠는 제 편이 되어 주셨겠죠. 아빠가 물어보시니까 지난일에 대해 말씀드릴게요.

제가 과장을 하는 건지, 세세한 것까지 기억을 잘 하는 건지는 두고 보시면 아실 거예요. 그 전에 의논 드릴 일이 있어요. 저는 엄마랑 따로 살고 싶어요. 그러기 위해서는 어떤 방법이 가장 간단할까요?

르픽 씨 : 지금도 일 년에 겨우 두어 달, 방학 때만 엄마랑 지내잖니?

홍당무 : 방학 때 그냥 기숙사에 있게 해 주세요. 공부에만 몰두할게요.

르픽 씨 : 가난한 집 학생들이나 그렇게 하지. 네가 기숙사에만 있으면 세상 사람들은 내가 널 버린 줄 알 거다. 네 생각만 하면 안 돼. 그렇게 되면 나도 널 못 만나잖아.

홍당무 : 아빠가 학교로 오시면 되죠.

르픽 씨 : 널 보러 가는 건 즐거운 일이지만 비용이 많이 든단다, 홍당무야.

홍당무 : 출장 가실 때 들르시면 되잖아요. 길을 돌아서 간다고 생각하시면 안 돼요?

르픽 씨 : 그럴 순 없어. 나는 지금까지 너를 네 형이나 누나와 똑같이 대했어. 누구를 특별히 더 사랑한 적도 없고. 앞으로도 그럴 거다.

홍당무 : 그러면 학교를 그만두겠어요. 돈이 많이 든다는 핑계를 대시고, 저를 학교에 보내지 않겠다고 말씀해 주세요. 제가 혼자서 일자리를 찾아볼게요.

르픽 씨 : 무슨 일? 구둣방 수습공이라도 되겠다는 거야?

홍당무 : 뭐든 상관없어요. 제 힘으로 생활비를 벌면서 자유롭게 살겠어요.

르픽 씨 : 불쌍한 홍당무야, 그러기에는 너무 늦었어. 내가 구두 밑창에 못이나 박으라고 널 공부시킨 줄 아니?

홍당무 : 하지만 아빠, 제가 스스로 목숨을 끊으려고 한 적도 있다면요?

르픽 씨 : 이런, 못 하는 소리가 없구나.

홍당무 : 정말이에요. 어제도 목을 매고 자살하고 싶은 마음이 굴뚝 같았어요.

르픽 씨 : 하지만 멀쩡하게 살아 있잖니? 넌 정말 죽을 생각이 아니었던 거야. 자살하려고 한 이야기를 자랑하듯이 고개를 꼿꼿하게 세우고 하는구나. 죽고 싶은 사람이 어디 너 하나뿐인 줄 아니? 홍당무야, 이기주의는 결국 자기 자신을 잃게 만드는 길이야. 넌 네 생각만 하는구나. 이 세상에 너 혼자밖에 없는 줄 아니?

홍당무 : 아빠, 형이랑 누나는 행복하단 말이에요. 아빠가 말씀하신 것처럼 엄마가 장난 삼아 절 괴롭히는 게 아니라면 저도 생각을 바꿀 수 있어요. 아빠는 우리 집을 지키는 가장이고 가족들이 모두 아빠를 무서워하잖아요. 심지어 엄마까지도 말이에요. 엄마가 아빠의 행복을 방해할 수는

없지요. 이 세상에는 행복하게 사는 사람들이 반드시 있
다고요.

르픽 씨 : 이런 고집불통 같으니라고. 계속 허튼소리만 하고
있구나. 네가 사람들의 마음을 속속들이 알 수 있다고 생
각하는 거야? 그 나이에 벌써 모든 걸 다 볼 수 있다고?

홍당무 : 최소한 저에 대한 것은 다 알아요, 아빠. 전 그걸 알
려고 노력하고요.

르픽 씨 : 그렇다면 행복해지고 싶다는 생각은 일찌감치 버려
라. 다시 말하지만 지금보다 더 행복해질 수는 없을 거야.
내가 장담한다.

홍당무 : 앞날이 걱정이네요.

르픽 씨 : 그만 포기하고 강한 사람이 되어라. 어른이 되어 혼
자 힘으로 설 수 있을 때까지 말이야. 그때가 되면 네가 원
하는 대로 하렴. 우리와의 인연을 끊을 수 있어. 하지만 지
금은 참고 견디어야 해. 네 예민한 감정을 누르고 다른 사
람들을 지켜보렴. 특히 너와 가장 가까이에 있는 사람들
을 말이야. 그들을 잘 지켜보면 아주 재미있을 거야. 틀림
없이 위안이 될 만한 놀라운 사실을 발견하게 될 거다.

홍당무 : 그렇겠죠. 누구나 자기만의 고통이 있을 거예요. 하
지만 그런 사람들을 동정하는 일은 다음에 할래요. 지금
은 제 자신을 위한 정의를 위해 싸울래요. 저보다 재수 없

는 운명을 가진 사람이 어디 있겠어요? 엄마가 버젓이 있는데도 아들인 저를 사랑해 주지 않으니까요. 그래서 저도 엄마를 사랑하지 않는 거예요.

"그럼 나는? 내가 네 엄마를 사랑한다고 생각하니?"

참다못한 르픽 씨가 불쑥 내뱉었다.

홍당무는 너무 당황스러웠다. 휘둥그레진 눈으로 아빠의 얼굴을 쳐다보았다. 덥수룩한 수염에 덮인 아빠의 굳은 얼굴을 한참 동안 바라보았다. 아빠의 입은 말을 너무 많이 한 것이 부끄러웠는지 수염에 파묻혀 숨어 버렸다.

홍당무는 아빠의 주름진 이마와 눈가의 잔주름, 마치 걸으면서 자고 있는 것처럼 보일 정도로 축 늘어진 눈꺼풀에서 시선을 떼지 못했다.

홍당무는 한동안 아무 말도 할 수가 없었다. 비밀스러운 기쁨과 꽉 잡은 아빠의 손, 이 모든 것이 한꺼번에 날아갈까 봐 겁이 났기 때문이다.

홍당무는 주먹을 불끈 쥐고 저 멀리 어둠 속에 잠들어 있는 마을을 향해 위협하듯 주먹을 휘둘렀다. 그러고는 크게 소리쳤다.

"나쁜 여자! 지독한 여자! 난 그런 당신이 정말 싫어!"

르픽 씨가 말했다.

"그만해라. 아무리 그래도 네 엄마야."

홍당무는 언제 그랬냐는 듯 순박하고 조심스러운 아이로 돌아가 능청스럽게 대답했다.

  "어? 꼭 엄마를 떠올리며 한 말은 아니에요."

제 49 장
홍당무의 앨범

1

누구든지 르픽 씨의 가족 앨범을 본 사람이라면 틀림없이 깜짝 놀랄 것이다. 에르네스틴과 펠릭스의 사진은 수없이 많았다. 서 있는 사진, 앉아 있는 사진, 멋진 옷을 입은 사진, 반쯤 벗은 사진, 즐거워하는 사진, 찡그린 사진……. 한결같이 멋진 배경을 뒤로하고 다양한 모습으로 담겨 있었다.

"홍당무의 사진은요?"

사람들이 물으면 르픽 부인은 이렇게 대답했다.

"어렸을 때 찍은 사진이 참 많았는데 사람들이 귀엽다며 가져가는 바람에 지금은 한 장도 없네요."

사실 홍당무는 사진에 찍힌 적이 단 한 번도 없었다.

2

홍당무는 집에서 홍당무로 통했다. 그래서 가족들이 진짜 이름을 부르려고 하면 얼른 떠오르지 않았다.

"왜 이 아이를 홍당무라고 부르나요? 머리카락이 붉어서 그런가요?"

그러면 르픽 부인은 이렇게 말했다.

"저 애의 마음속은 머리카락보다 훨씬 더 시뻘겋답니다."

3

홍당무에게는 또 다른 특징이 있었다.

홍당무의 얼굴은 사람들에게 호감을 주지 않는다.

코는 마치 두더지 굴처럼 푹 꺼져 있다.

귀는 아무리 깨끗하게 씻어도 귀지가 늘 가득 차 있다.

혓바닥에 눈처럼 허옇게 낀 설태가 있다.

허리를 구부정하게 하고 발목을 서로 부딪치며 걷는 모습이 흡사 곱사등이 같다.

목에는 마치 목걸이를 한 것처럼 푸르뎅뎅한 땟자국이 둘러져 있다.

마지막으로 홍당무의 몸에서는 냄새가 난다. 절대로 향기롭다고 할 수 없는 이상야릇한 냄새이다.

4

홍당무는 가족들 중에 가장 먼저 일어난다. 심지어 하녀보다도 일찍 일어난다. 겨울에도 해가 뜨기 전에 일어나 침대에서 손을 뻗어 시곗바늘을 만져 보며 시간을 확인한다.

커피와 초콜릿이 준비되면 급히 먹어 버린다.

5

누군가에게 인사를 하라고 소개를 시키면 홍당무는 고개를 돌리고 겨우 손만 내밀었다. 그러고는 다리를 흔들고 벽을 긁으며 심심하다는 듯 딴청을 부린다.

"홍당무야, 나에게 뽀뽀를 해 주겠니?"

누가 이렇게 물으면 홍당무는 이렇게 대답한다.

"뭐, 그럴 필요가 있을까요?"

6

르픽 부인 : 홍당무야, 누가 물어보면 대답을 좀 해.

홍당무 : 예, 예.

르픽 부인 : 입안에 음식을 가득 넣고 말하는 거 아니라고 여
러 번 말했을 텐데!

7

홍당무는 언제나 주머니에 손을 넣고 다닌다. 그러다가 르픽
부인이 오면 얼른 손을 뺐다. 하지만 한 박자 늦을 때도 있었다.
어느 날 르픽 부인이 홍당무의 손을 주머니에 넣은 채로 주머니
를 꿰매 버린 적도 있었다.

8

대부가 홍당무에게 다정하게 말했다.

"무슨 일이 있어도 절대 거짓말을 하면 안 돼. 아주 어리석은 짓이야. 그리고 쓸데없는 짓이기도 하지. 언젠가는 모든 게 들통 날 테니까."

홍당무가 대답했다.

"알아요, 그래도 시간은 벌 수 있잖아요."

9

게으름뱅이 펠릭스가 겨우 학교를 졸업했다.

펠릭스가 기지개를 쭉 켜며 다행이라는 듯 안도의 숨을 내쉬었다.

르픽 씨가 펠릭스에게 물었다.

"넌 무엇을 좋아하니? 이제 너도 네 인생을 스스로 결정할 나이가 되었구나. 앞으로 어떤 일을 싶은데?"

펠릭스가 대답했다.

"뭐라고요? 또 뭘 해야 한다고요?"

10

아이들이 모여 이성에 대해 이야기하고 있었다.

이야기의 주인공은 다름 아닌 베르트라는 여자아이였다.

"그녀의 눈동자는 푸르니까."

홍당무의 말에 모두 소리를 질렀다.

"정말 멋진데! 근사한 시인 같아!"

그러자 홍당무가 대답했다.

"아, 베르트의 눈동자를 본 적은 없어. 그냥 해 본 소리지. 사람들이 흔히 쓰는 표현이잖아. 멋진 미사여구라고!"

11

홍당무는 눈싸움을 할 때면 혼자서 다른 아이들을 상대해야했다. 모두들 홍당무를 무서워했고 그 명성이 멀리까지 퍼져 있었다. 홍당무가 눈 속에 돌을 넣어서 뭉쳤기 때문이다.

홍당무는 항상 상대의 머리를 겨누었다. 그러다 보니 승부가일찍 판가름 나곤 했다.

얼음이 얼어서 아이들이 미끄럼을 탈 때도 홍당무는 혼자 떨어져서 얼음판 가장자리 풀밭 위에 자기만의 작은 얼음판을 만들었다.

또 말타기 놀이를 할 때는 꼭 자기가 나서서 말이 되고 싶어
했다.

술래잡기를 할 때면 일부러 잡혀 주었다. 술래가 되어도 상관
없다는 식이었다.

숨바꼭질을 하면 어찌나 꼭꼭 숨는지 아이들은 홍당무가 있
다는 사실조차 까먹을 정도였다.

12

르픽 씨네 아이들이 서로 키를 재고 있었다.

펠릭스는 얼핏 봐도 홍당무나 에르네스틴보다 머리 하나가
더 크기 때문에 경쟁이 되지 않았다. 나이가 많지만 여자인 에
르네스틴은 홍당무와 나란히 서서 키를 비교해 보았다.

에르네스틴이 발뒤꿈치를 살짝 들어 올렸다. 홍당무는 누나
의 기분을 상하게 하고 싶지 않아서 자신의 몸을 살짝 굽혀 키
차이를 조금이라도 더 나게 만들었다.

13

홍당무는 하녀 아가트에게 조언을 했다.

"우리 엄마한테 잘 보이고 싶으면 그 앞에서 내 욕을 하면 돼."

하지만 이 방법도 한계가 있었다.

르픽 부인은 다른 사람이 홍당무를 흉보는 건 참지 못했다.

한번은 옆집 아주머니가 홍당무를 혼내겠다고 겁을 주자, 르픽 부인이 얼른 달려와 버럭 화를 내며 홍당무를 데려간 적도 있었다. 홍당무는 기뻐서 얼굴이 환해졌다.

홍당무가 고마워서 미소를 짓자 르픽 부인이 이렇게 말했다.

"집에 가서 두고 보자! 이제 내가 널 혼내 줄 차례야!"

14

"애교는 어떻게 부리는 거야?"

홍당무가 피에르에게 물었다. 피에르는 집에서 엄마의 사랑을 듬뿍 받는 귀염둥이 아들이었다. 홍당무는 피에르의 말을 다 듣고 나서 체념한 듯 크게 소리쳤다.

"그런 건 관심 없어. 한 번이라도 좋으니 감자튀김을 접시에서 손으로 듬뿍 집어서 먹고 싶다. 그리고 복숭아 반쪽을 씨가 붙은 채로 쪽쪽 빨아 먹어 봤으면 좋겠어."

홍당무는 생각에 잠겼다.

'만약에 엄마가 나를 깨물고 싶어 할 정도로 귀여워한다면 아마 코부터 물어뜯겠지.'

15

에르네스틴과 펠릭스는 장난감을 가지고 놀다가 시들해지면 홍당무에게 선선히 빌려 주었다. 형과 누나가 누리는 기쁨을 조금이나마 맛보게 된 홍당무는 혼자서 행복한 시간을 즐겼다.

하지만 이때 너무 재미있게 놀아서는 안 된다. 그랬다간 형과 누나가 장난감을 도로 빼앗아 갈지도 모르니까.

16

홍당무 : 내 귀가 너무 길어 보이지 않니?

마틸드 : 좀 이상한 것 같긴 해. 그 귀 좀 빌려 줄래? 거기에 모래를 넣어서 반죽을 해야겠어.

홍당무 : 엄마한테 맞으면 귀에서 불이 나서 반죽이 알맞게

익을 거야!

17

르픽 부인이 가끔 홍당무에게 이렇게 말했다.

"시끄러워! 다시 한 번만 그렇게 말해 봐! 넌 나보다 네 아빠가 더 좋단 말이지?"

그러면 홍당무는 속으로만 대답했다.

'가만히 있을게요. 아무 말도 안 할래요. 맹세코 엄마 아빠 중 누구를 더 좋아하거나 하지는 않아요.'

18

르픽 부인 : 뭐하니, 홍당무야?

홍당무 : 몰라요, 엄마.

르픽 부인 : 또 어리석은 짓을 하는가 보구나. 넌 일부러 그런 짓을 하는 거니?

홍당무 : 안 하면 왠지 허전해서 그래요.

19

엄마가 자기에게 미소를 짓는다고 생각한 홍당무는 기분이 좋아져서 환하게 미소를 지었다.

그러나 르픽 부인은 별생각 없이 혼자 웃었을 뿐이었다. 르픽 부인의 얼굴이 돌처럼 굳어지더니 가막까치밥나무 열매처럼 새까만 눈을 부릅떴다.

무안해진 홍당무는 어디론가 사라지고 싶었다.

20

르픽 부인이 홍당무에게 말했다.

"홍당무야, 제발 소리 내지 말고 얌전하게 웃을 수는 없니?"

또 이런 말도 했다.

"사람이 울 때는 이유가 있어야 하는 거야."

하지만 다른 사람에게 이렇게 말했다.

"내가 어떻게 하면 좋을까요? 저 애는 뺨을 맞아도 눈물 한 방울 흘리지 않는다니까요."

21

르픽 부인은 이런 말도 했다.

"바람 따라 온 먼지도, 길거리에 있는 똥도 다 저 애가 만든 걸 거예요. 어찌나 지저분한지."

"저 애는 한 가지 생각이 떠오르면 그다음에 일어날 일은 전혀 생각하지 못해요."

"저 애는 어찌나 잘난 척하는 걸 좋아하는지 관심을 끌기 위해서라면 자살이라도 할걸요."

22

사실 홍당무는 차가운 물이 담긴 양동이에 빠져 죽으려고 한 적이 있다. 코와 입을 물속에 처박고 움직이지 않았다. 그런데 갑자기 누가 홍당무의 머리를 뒤에서 한 대 후려쳤다. 그 바람에 양동이에 있던 물이 뒤집혀 신발 위로 쏟아졌다. 그렇게 홍당무는 죽지 않고 살았다.

23

르픽 부인은 홍당무에 대해 이렇게 말했다.

"홍당무는 나를 닮아서 악하지는 않아요. 심술궂기보다는 좀 바보 같지요. 너무 멍청해서 머리를 제대로 쓸 줄 몰라요."

르픽 부인은 홍당무가 돼지처럼 욕심 많은 악당들에게 크게 당하지만 않는다면 커서 세상에 이름을 떨칠 사람이 될 거라며 좋아했다.

24

홍당무가 상상의 나래를 펼쳤다.

'새해 선물로 펠릭스 형처럼 목마를 받으면 나는 그걸 타고 먼 곳으로 도망쳐 버려야지.'

25

홍당무는 밖에서는 자신이 의연하다는 것을 보여 주려고 일부러 휘파람을 불었다. 하지만 르픽 부인이 뒤따라오는 모습을 보면 휘파람을 뚝 멈췄다. 엄마가 자기 이빨 사이에 있는 싸구려 피리를 부숴 버리기라도 할 것처럼.

르픽 부인이 갑자기 나타나면 홍당무는 딸꾹질까지도 저절로 멈췄다.

26

홍당무는 아빠와 엄마 사이에서 중계 역할도 했다.

르픽 씨가 말했다.

"홍당무야, 셔츠의 단추 하나가 떨어졌단다."

홍당무는 셔츠를 르픽 부인에게 가져갔다. 그러면 르픽 부인이 이렇게 말했다.

"내가 네 명령까지 들어야 하니, 이 피에로 같은 녀석아?"

그러면서도 르픽 부인은 반짇고리를 꺼내 떨어진 단추를 달았다.

27

르픽 부인이 홍당무에게 큰 소리로 외쳤다.

"네 아버지가 안 계셨다면 난 벌써 너에게 호되게 당했을 거야. 어쩌면 이 칼로 내 심장을 찌르고 짚더미 위에 내다 버렸을지도 모를 일이지!"

28

"코 좀 풀어라."

르픽 부인이 홍당무를 보며 자주 하는 말이었다.

홍당무는 항상 옷소매로 코를 풀었다. 잘못해서 코가 손에 묻으면 얼른 아무 데나 쓱쓱 문질렀다.

홍당무가 감기에 걸리면 르픽 부인은 코밑에 파라핀 연고를 발라 주었다. 에르네스틴과 펠릭스가 질투를 할 만큼 많이 발랐다. 그러고는 홍당무에게 일부러 이런 말까지 덧붙였다.

"감기에 걸린 게 불행이 아니라 오히려 좋은 일이야. 잘 안 돌아가는 네 머리까지 시원하게 뚫어 줄 거다."

29

르픽 씨가 아침부터 홍당무를 놀리는 바람에 홍당무는 해서는 안 될 말을 내뱉고 말았다.

"날 좀 내버려 둬, 이 멍청아!"

말이 떨어지기가 무섭게 주위의 공기가 싸늘해졌다.

홍당무의 눈 속에서 불덩어리가 타오르는 것 같았다. 홍당무는 말을 더듬으며 아빠가 신호만 보내면 바로 땅속으로 기어 들어갈 준비를 했다.

하지만 르픽 씨는 홍당무를 한참 동안 쳐다보기만 할 뿐 아무런 내색도 하지 않았다.

30

에르네스틴이 곧 결혼을 하기로 했다. 르픽 부인은 에르네스틴이 약혼자와 산책을 가는 걸 허락했다. 단, 홍당무를 꼭 데려가야 한다고 당부했다.

"넌 저쪽에 먼저 가서 실컷 놀아."

에르네스틴이 말했다.

홍당무는 두 사람보다 앞서 갔다. 펄쩍 뛰다가 개처럼 빨리 달리기도 했다. 그러다가 걸음을 늦추면 뜻하지 않게 두 사람의 비밀스러운 입맞춤 소리가 들려왔다.

홍당무는 헛기침을 했다.

순간 짜증이 확 밀려왔다. 마을의 십자가상 앞에 이르자 홍당무는 모자를 땅에 패대기쳤다. 그러고는 발로 모자를 짓밟으며 소리쳤다.

"아무도 날 사랑하지 않아."

바로 그때, 그 소리를 들은 르픽 부인이 울타리 뒤편에서 갑자기 모습을 드러냈다. 소름 끼치는 웃음이 입가에 어려 있었다.

홍당무는 너무 당황해서 이렇게 덧붙였다.

"우리 엄마만 빼고."

냉철한 자기 성찰과
인간에 대한 깊이 있는 애정

전종옥 _ 서울 마곡중학교 국어 교사

언제로 '시간 여행'을 떠나고 싶나요?

"10, 9, 8, …… 1, 0. 잘 오셨습니다."

"여기가 대체 어디죠?"

"여기는 모모의 시간의 나라입니다. 이제 당신은 3년 동안 과거로 시간 여행을 하실 수 있습니다. 언제로 가고 싶습니까?"

"정말요! 그야 당연히……."

이런 상황에서 사람들이 '당연히'라고 생각하는 때는 언제일까? 물론 사람마다 개인차가 있기 마련이지만, 다시 돌아가고 싶은 삶의 순간은 자신의 가장 빛나는 시절일 것이다.

많은 작가들이 유년기·청소년기를 추억하며 그 시절로 되돌아가 소설을 쓴다. 오영수의 《요람기》나 박완서의 《그 많던 싱아는 누가 다 먹었을까》도 작가의 어린 시절 이야기가 오롯이 담긴 자전적 성장 소설이다.

《요람기》에는 1960년~1970년대에 시골에서 어린 시절을 보냈던 이들의 사계절이 매우 서정적으로 펼쳐져 있다. 봄날의 쥐불놀이와 나물 캐기에서부터 여름의 소몰이와 참외 서리, 가을의 콩 서리, 북풍이 몰아치는 겨울의 연날리기까지 어른들의 향수를 자극하는 일들이 빼곡히 들어 있다.

《그 많던 싱아는 누가 다 먹었을까》는 어머니와 오빠를 따라 서울 변두리로 이사 온 주인공의 경험을 따라

쥐불놀이는 이제 우리가 지켜야 할 민속놀이가 되었지만, 예전에는 정월 대보름이 되면 으레 하는 놀이였다.

1930년대에서부터 1950년대까지 우리나라의 상황을 생생하게 그려 내고 있다. 일제 강점기 아래에서 보낸 국민학생 시절과 창씨개명, 제2차 세계 대전의 종결과 광복, 그리고 이어진 한국 전쟁까지, 격변기를 지낸 작가의 유년 시절 경험이 고스란히 녹아 있다.

한국 전쟁 당시 피난민들의 행렬.

소설가들은 왜 어린 시절의 이야기를 자꾸 끄집어내는 것일까? '더 이상 쓸거리가 없어져서 자신의 어린 시절 얘기를 우려먹는 거 아니야?' 하는 생각이 들 수도 있다. 그런데 가만히 생각해 보면, 생각의 가장 큰 밑그림, 가장 깊은 곳에서 솟아 나오는 상상의 샘물은 대개 어린 시절의 경험인 경우가 많다. 아마도 가장 순수했고 반짝거리던 그 시절을 놓치고 싶지 않은 것이 아닐까? 작품을 통해 어린 시절을 되새기면서 상상력의 뿌리를 온전히 간직하고 싶은 것이리라.

쥘 르나르의 대표작 《홍당무》 역시 작가가 어린 시절의 경험을 토대로 쓴 자전적 성장 소설이다. 쥘 르나르가 결혼을 하고 아내와 함께 어머니를 찾아갔을 때, 어머니가 자신의 아내에게 심술궂게 대하는 모습을 보고 어린 시절을 회고하며 이 소설을 쓰기 시작했다고 한다.

그는 《홍당무》를 통해 당대 문학 작품에서는 볼 수 없었던 독특한 인물을 창조했다. 1894년에 출간이 되자마자 문단에서 호평을 받으며 엄청난 인기를 얻었다. 출간된 지 100년이 훌쩍 지난 지금도 여전히 전 세계 사람들의 사랑을 받고 있는 《홍당무》의 매력은 무엇일까?

지금부터 프랑스의 대표 작가 쥘 르나르의 어린 시절로 '시간 여행'을 떠나 보자.

독특한 개성이 살아 있는 홍당무네 가족들

《홍당무》는 머리카락이 붉어서 '홍당무'라는 별명으로 불리는 소년의 이야기로, 스냅 사진을 늘어놓은 듯 짤막한 에피소드를 나열하고 있다. 홍당무는 이기적이고 괴팍한 엄마에게 구박을 받으며 자라다가 마침내 반항을 시도하고 혼자 힘으로 살아 보겠다고 선언한다. 시도만 했을 뿐 행동은 여의치 않았지만, 처음이자 마지막이었던 반항을 계기로 홍당무는 가족과 세상을 이해하는 폭이 넓어지고 한층 더 성장하게 된다.

작품에 등장하는 인물은 홍당무가 늘 마주치는 가족—엄마, 아빠, 누나, 형—과 집안일을 돕는 하녀, 친구와 학교 선생님, 그리고 대부가 전부이다. 그중에서도 홍당무네 가족, 르픽 집안에서 벌어지는 이야기가 주를 이룬다.

온갖 허드렛일을 막내아들인 홍당무에게 시키는 엄마, 무뚝뚝하고 집에서 일어나는 일에 관심을 두지 않는 아빠, 새침데기지만 마음은 여린 누나 에르네스틴, 그리고 게으른 데다 겁쟁이인 형 펠릭스가 가족의 구성원이다.

홍당무의 가족은 우리가 흔히 '가족'이라고 할 때 떠오르는 편안하고 따뜻한 모습과는 거리가 멀다. 겉으로 보면 여느 집과 다르지 않지만 속을 들여다보면 순간순간 뜻밖의 모습을 발견하게 된다.

빨간 머리는 악인 또는 배신자?

주근깨, 말라깽이, 빨간 머리! 그러면
떠오르는 인물이 있다. 바로 루시 모
드 몽고메리의 《빨간 머리 앤》의 주인
공 앤이다.

이 작품에는 이런 대사가 나온다.

"제가 왜 완전하게 행복하지 못한지
아시겠죠? 빨간 머리를 가진 사람이
라면 누구도 행복할 수 없을 거예요."
성스럽고 아름다운 이미지로 그려지
는 금발과는 달리, 빨간 머리는 사악
하거나 천한 신분 등 부정적인 이미
지로 사람들에게 환영받지 못했다.
이집트 신화에서 빨간 머리로 그려지
는 악의 신 '세트'는, 형 오시리스의 지
위를 노리고 형을 살해해 몸을 갈기갈
기 찢는다. 또한 게르만 신화에서 빨
간 머리인 '로키'는 신들의 적인 악신
이다. 성서의 인물을 묘사하는 그림에
서도 예수를 배반한 가롯 유다는 빨
간 머리로 그려진다.

하지만 요즘에는 빨간 머리에 대한 편
견이 많이 사라졌다.

원작을 더욱더 유명하게 만들어 준
일본 애니메이션 〈빨간 머리 앤〉.

윌리엄 부게로가 그린 〈지옥의 단테
와 베르길리우스〉(1850).

가롯 유다는 기독교에서는 최악의 죄
인으로 꼽힌다.

영화 〈제5원소〉의 리우.

영화 〈제5원소〉에서 빨간 머리 소녀 리우는 지구를 절대악으로부터 구할 수 있는 절대선이자, '신비한
힘'을 가진 존재로 묘사되었다. 또한 애니메이션 〈인어 공주〉와 〈메리다와 마법의 숲〉에도 빨간 머리
주인공이 등장한다. 둘 다 밝고 진취적이며 사랑스러운 이미지를 가진 인물이다.

이제는 일부러 빨간색으로 머리카락을 염색하는 사람들을 쉽게 볼 수 있다. 빨간 머리에 대한 이미지는
시대와 문화에 따라 계속 변하는 중이다.

첫 에피소드 〈닭장〉에서 홍당무 가족의 모습이 단적으로 드러난다. 깜깜한 밤, 아빠는 아직 집에 들어오지 않았고, 르픽 집안의 세 아이는 각자 자기 할 일을 하고 있다. 그런데 식탁에 앉아 책을 읽는 형과 누나와는 다르게, 홍당무는 어두운 식탁 밑에 들어가 혼자 놀고 있다.

르픽 부인은 뜰 제일 안쪽에 있는 닭장 문이 열린 것을 보고 아이들에게 문을 닫고 오라고 시킨다. 펠릭스와 에르네스틴이 못하겠다고 하자 그 일은 막내인 홍당무에게 넘겨진다. 홍당무도 무서워서 싫다고 하니, "다 큰 녀석이 왜 그래!"라며 엄마의 불호령이 떨어진다. 게다가 펠릭스와 에르네스틴은 홍당무가 용기 있는 아이라며 추어올리고(동생을 나가게 하려고 구슬리는 말이지만, 순진한 홍당무는 그 말을 믿는다!) 르픽 부인은 당장 가지 않으면 뺨을 때리겠다고 윽박을 지른다.

"그러면 불이라도 비춰 주세요."
홍당무가 용기를 내어 말했다.
르픽 부인은 어깨를 으쓱할 뿐 모른 척했고, 펠릭스는 빈정대듯 씩 웃었다. 그나마 마음이 여린 에르네스틴이 촛불을 가져와서 복도 끝까지 동생과 함께 가 주었다.

바람이 불어 촛불이 꺼지자 에르네스틴은 뒤도 돌아보지 않고 뛰어 들어갔고, 홍당무는 어둠의 공포에 맞서 용감하게 임무를 마치고 집으로 돌아간다. 하지만 "잘했다."는 칭찬은커녕 '닭장 문 닫기'는 매일 밤 홍당무가 해야 할 일이 된다.

아버지가 잡아온 사냥감의 목숨을 끊는 일도 홍당무의 몫이다. 또한 펠릭스가 휘두른 곡괭이에 홍당무가 찍혀 다쳤을 때도 가족들은 펠릭스에게만 관심을 기울인다. 홍당무가 흘리는 피를 보고 펠릭스가 기절했기 때문이다. 르픽 부인은 이마에 감은 붕대 위로 피가 새어 나오는 홍당무를 보면서 "항상 네가 문제야!" 라며 야단을 친다. 새해 선물을 줄 때도 형과 누나에게는 큰 인형과 장난감 병정 세트를 주지만, 홍당무에게는 담배 파이프 모양의 '사탕' 같은 보잘것없는 물건을 건넨다.

르픽 부인이 유독 막내아들을 못살게 구는 까닭은 작품 속에 분명하게 나와 있지는 않다. 하지만 홍당무가 대부에게 하는 이야기를 통해 어렴풋이 짐작해 볼 수 있다.

"엄마는 형이 굉장히 예민한 성격이기 때문에 매로 다스리는 건 효과가 없대요. 하지만 저에게는 매가 잘 통한다나요?"

그러니까 르픽 부인은 성향이 다른 아이들을 각기 다른 방식으로 키우는 것이다. 르픽 부인만의 독특한 양육 방식이라고 할 수도 있지만, 쉬이 납득이 되지는 않는다.

이처럼 엄마 때문에 마음의 상처를 받기는 하지만, 그렇다고 홍당무의 삶이 어둡고 불행하기만 한 것은 아니다. 사냥도 하고, 낚시도 하고, 강에서 수영도 하고, 지렁이도 잡고, 결혼식 놀이도 하면서 매일매일 폭넓은 경험을 쌓아 간다. 또한 무뚝뚝하지만 홍당무를 진심으로 사랑하고 친구

1895년 1월 13일에 발행된 신문 《질 블라스》. 홍당무에게 오줌이 든 스프를 먹이면서 즐거워하는 가족들을 그린 그림.

아버지 르픽 씨를 추억하며……

질 르나르는 홍당무가 아버지에게 의지했던 것 이상으로 실제로 아버지와 끈끈한 유대 관계를 맺고 있었다. 문학에 몰두해 돈을 벌지 못하던 시절, 아버지가 보내 준 얼마 안 되는 돈으로 궁핍한 파리 생활을 근근이 이어 갔고, 마흔 살이 되어서는 아버지가 전에 맡았던 쉬트리 마을의 시장으로 선출되어 죽을 때까지 그 직무를 수행했다.

질 르나르가 1901년에 아버지를 추억하며 쓴 일기의 몇 대목을 살펴보자.

> 홍당무의 전 생애를 쓰는 것. 단 꾸미지 않고 적나라하게 쓸 것. 이것은 오히려 르픽 씨를 그린 책일 것이다. -2월 18일 일기 중에서

> 르픽 씨, 그는 나의 아버지였다. 우리는 오랫동안 함께 살았다. 서로 의좋게 살아왔다. 그는 죽었다. 그리고 나는 아버지에게 아무 말도 하지 못했다. -3월 14일 일기 중에서

대부분의 자식들이, 특히 아들이 아버지에게 느끼는 감정이 이렇지 않을까? 아버지를 이해하고 사랑하지만 표현하지 못하는 것. 아버지가 자식에게 표현하지 못하는 마음도 비슷할 것이다. 그래도 질 르나르는 소설을 통해 아버지에게 자신의 마음을 전달했다.

실화를 바탕으로 한 영화 〈아버지의 이름으로〉(1993)는 아버지와 아들의 특별한 관계를 감동적으로 그려 낸 수작이다.

영화 〈어바웃 타임〉(2013)에서 생의 마지막을 보내는 아버지와 그를 지켜보는 아들의 모습을 보여 준 장면.

처럼 대해 주는 아빠와 대부가 있고, 어른이 되면 결혼하기로 약속한 여자 친구 마틸드도 있다. 가끔 무시하기는 하지만 그래도 신 나게 놀면서 즐거운 시간을 함께 보내는 형과 엄마보다 살뜰히 챙겨 주는 누나도 홍당무에게는 힘이 된다.

홍당무가 어린 하녀 아가트를 대하는 태도에서 따뜻한 마음을 느낄 수 있다. 보통의 아이들이라면 자기 일마저 떠넘기려고 갖은 술수를 부릴 텐데, 홍당무는 거의 모든 일을 자신이 떠맡고, 아가트에게는 꼭 필요한 일만 하라고 한다. 그것마저도 자신이 가끔 돕겠다고 하면서…….

역경에 굴하지 않는 홍당무의 밝은 성격과 긍정적인 자세는 삶이 불우하다고 느끼는 아이들에게 위안이 될 수도 있다. 실제로 작가 쥘 르나르도 어려서 고생을 많이 했지만, 나중에 어머니에게 자립심이 강한 사람으로 키워 준 것에 대한 고마움을 표현했다고 한다. '인내는 쓰다. 그러나 그 열매는 달다.'라는 격언이 딱 들어맞는 셈이다.

고분고분한 아이에서 반항의 아이콘으로!

대개의 성장 소설은 주인공이 유년기와 소년기를 거쳐 어른의 세계로 들어가는 과정을 다룬다. 그 과정에서 주인공은 극심한 내면적 갈등을 겪고 바깥세상과 충돌하며 정신적인 성장을 이루고 세상에 대한 깨달음을 얻게 된다. 《홍당무》의 주인공, 홍당무도 바로 그런 인물이다.

하지만 홍당무는 일반적인 성장 소설의 주인공과는 좀 다르

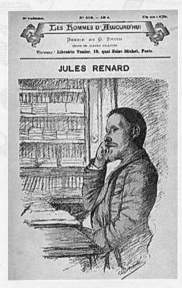
1901년 신문에 실린 쥘 르나르의 초상.

다. 보통의 성장 소설에서 주인공은 열악한 주변 환경에도 불구하고 특유의 용기와 긍정적인 태도로 위기와 갈등을 극복하고 해결해 가는 모범적인 면모를 보인다.

하지만 홍당무에게는 애정도 열정도 행복한 마음도 없으며, 또래 아이들에게 흔히 볼 수 있는 용기나 의지, 자신감, 미래에 대한 확신도 없다. 그보다는 씻지 않아 머릿니가 가득하고 이상야릇한 냄새가 날 만큼 불결하고, 두더지를 가지고 놀다가 죽여 버리는 잔혹한 근성까지 가지고 있다.

작가는 홍당무를 왜 이렇게 그려 놓았을까? 쥘 르나르는 1890년에 쓴 일기에 이런 글을 남겼다.

대부분의 작가들은 아이를 천사로 생각한다. 하지만 아이들은 잔인하고 사악한 면을 지니고 있다. 아이는 어른과 마찬가지로 악덕과 미덕을 동시에 지닌 복합적인 인격체라는 것을 증명하고자 했다.

아이가 훌륭한 인격체로 자라기 위해서는 부모의 사랑과 이해가 필요하다. 하지만 홍당무는 그런 것을 기대할 수 없다.

홍당무는 엄마의 사랑을 받기 위해 온갖 노력을 한다. 엄마가 심부름을 시킬 것을 대비해 마당 근처를 서성이며 놀고, 엄마에

홍당무, 넌 이름이 뭐니?

르픽 씨 가족들은 처음부터 끝까지 단 한 번도 '홍당무'의 이름을 부르지 않는다. 가족들이 이름 대신 별명을 부르는 경우는 대부분 애정이 담긴 애칭일 때가 많다. 하지만 르픽 씨 가족은 그렇지 않다.

영화 《프랑켄슈타인》의 괴물.

메리 셸리의 소설 《프랑켄슈타인》에서 빅터가 창조한 생명체를 단지 '괴물'이라고 부를 뿐, 이름을 지어 주지 않는 것과는 다르다. 빅터는 괴물의 흉악스런 겉모습 때문에 차마 이름을 지어 줄 엄두를 못 냈던 것인데, '홍당무'의 경우는 어떻게 받아들여야 할까?

"왜 홍당무라고 부르냐?"는 질문에 "마음속은 머리카락보다 훨씬 더 시뻘게서."라고 대답하는 엄마의 반응은 더욱 놀랍다. 에르네스틴과 펠릭스는 늘 이름을 부르면서도, 유독 그의 이름만 부르지 않는 것은 엄마를 비롯한 가족으로부터 철저히 무시를 당하는 홍당무의 상황을 단적으로 드러내 보이려는 작가의 의도가 담겨 있는 건 아닐까?

이런 일이 비단 홍당무에게만 나타나고 있을까? 혹시 주변에 '이름'이 아닌 '별명'으로만 불리는 친구가 있지는 않은지 한 번쯤 돌아보면 어떨까? "…… 내가 그의 이름을 불러 주었을 때/그는 나에게로 와서/꽃이 되었다.……"는 김춘수의 시 〈꽃〉에서처럼 상대방의 이름을 온전하게 불러 주는 것, 그것이 바로 그 사람에 대한 관심의 시작이다.

게 잘 보이기 위해서 '좋아하지도 않는 밥을 억지로' 먹는다. 또 기대하던 아빠와의 산책도 기꺼이 포기한다. 하지만 돌아오는 것은 엄마의 냉대와 가혹한 꾸지람뿐이다. 뺨을 때리는 일은 다반사이며, 음식을 다 먹어도 접시를 채워 주지 않고, 자신의 잘못을 아들에게 뒤집어씌우기도 한다.

하지만 온갖 구박을 당하면서도 홍당무는 꿋꿋하게 잘도 버틴다. 그러면서 조금씩 성장도 해 간다. 특히 책을 읽고, 공상을 하고, 글쓰기를 익히면서 자신의 생각을 스스로 성숙시킨다.

홍당무가 아빠와 편지를 주고받는 장면을 한번 보자.

사랑하는 홍당무에게,

네가 말한 작가들은 결국은 너나 나와 똑같은 인간이란다. 그러니 그들이 한 일은 너도 할 수 있단다. 네가 직접 책을 써 보렴. 그리고 그걸 읽으면 되잖니?

사랑하는 아빠,

지난번 편지에 대해 해명을 해야 할 것 같아서 급하게 몇 자 적습니다. 아빠가 미처 알아차리지 못하셨나 본데, 그건 '시'였어요.

홍당무는 아빠의 조언에 따라 작가를 흉내 내며 글을 시적으로 표현하려고 애쓴다. 물론 아빠가 자신의 작품 세계를 알아주지는 못하지만 말이다. 어쨌든 눈앞에 닥친 문제에만 골몰하는 아이에서 자기 안에 있는 내면의 목소리를 자각하고 그것을 글로 표현하는 아이로 바뀌어 간다. 이러한 과정을 통해 홍당무는 궁극적으로 자신의 정체성을 깨닫고 자신만의 세상을 만들어 간다.

결국에 홍당무는 자신을 억압하는 엄마에게 맞설 만큼 성장한다. 그리고 방앗간에 가서 버터 한 덩어리를 사 오라는 엄마의 말에 용기를 내어 반항을 시도한다.

르픽 부인 : 아니, 지금 내가 꿈을 꾸는 건가? 이게 무슨 날벼락 같은 일이야? 네가 내 말을 거역한 건 생전 처음이구나.

홍당무 : 맞아요, 엄마.

책 속의 책을 찾아라!
홍당무가 읽고 싶어 하던 책의 작가는?

홍당무는 아빠와의 편지에서 파리에 가면 책을 사 달라고 부탁한다. 어떤 책이든 상관없다고 하면서도 특별히 두 권을 언급한다. 프랑수아 마리 아루에 드 볼테르의 《앙리아드》와 장 자크 루소의 《누벨 엘로이즈》. 홍당무가 이 두 권을 콕 집은 이유는 무엇일까?

볼테르(1694~1778)와 장 자크 루소(1712~1778)는 모두 프랑스의 계몽주의를 대표하는 작가이자 사상가이다. 계몽주의는 인간이 신의 계시로 의존한다는 신학적인 견해와는 반대로, 인간에 대한 자각과 인간 본성과 이성에 대한 신뢰를 갖는 사상이다. 계몽주의는 근대 시민 혁명, 특히 프랑스 대혁명(1789~1794)에 사상적·이론적 기초를 제공했다.

프랑수아 마리 아루에 드 볼테르.

두 작가 모두 계몽주의 사상가였지만, 작품을 그리는 문체와 생각은 조금씩 달랐다. 볼테르는 그 누구도 흉내 내지 못할 만큼 유려하고 깨끗한 문체로 고전주의를 계승하는 작가로 인정받았다. 반면에 장 자크 루소는 19세기 프랑스 낭만주의 문학의 선구적 역할을 했다. 음악을 비롯한 여러 예술에도 혁신을 가져왔는데, 무엇보다 자유로운 감정의 표현을 중시했다. 그리고 누구나 자연의 아름다움에 눈뜨고 자유를 동경의 대상으로 여길 것을 역설했다.

볼테르와 루소는 계몽주의라는 교집합 안에 있지만, 서로 대비되는 개념을 가진 고전주의와 낭만주의를 지향하는 작가였던 셈이다.

장 자크 루소.

쥘 르나르는 의도적으로 두 작가의 작품을 언급해 홍당무가 얼마나 많은 책을 읽고 여러 분야의 문학에 심취했는지 보여 주고자 했다. 여기서 《앙리아드》는 30년간의 종교 전쟁을 끝나게 한 프랑스의 왕 앙리 4세를 찬양하는 방대한 분량의 서사시이고, 《누벨 엘로이즈》는 편지 형식으로 쓰인 일종의 연애 소설이다. 홍당무는 이 두 작품의 형식을 빌려 아빠에게 시를 써서 편지를 보낸 것이다.

르픽 부인 : 엄마 말을 안 듣기로 작정한 거냐?

홍당무 : 네, 엄마 말을 듣지 않을 거예요.

드디어 올 것이 오고야 말았다. 어쩌면 늦어도 한참 늦게 왔다. 마침내 홍당무는 혼자 힘으로 살아 보겠다고 한다. 부모로부터 정신적·육체적·경제적 독립을 선언한 것이다.

홍당무 : 그러면 학교를 그만두겠어요. 돈이 많이 든다는 핑계를 대시고, 저를 학교에 보내지 않겠다고 말씀해 주세요. 제가 혼자서 일자리를 찾아볼게요.

르픽씨 : 무슨 일? 구둣방 수습공이라도 되겠다는 거야?

홍당무 : 어디든 상관없어요. 제 힘으로 생활비를 벌면서 자유롭게 살겠어요.

짙 르나르가 교정을 본 《홍당무》 원고.

홍당무는 '형과 누나는 행복'하고, 자신은 '재수 없는 운명'을 가진 사람이라며 가족으로부터의 독립을 통해 변화를 꿈꾼다. 하지만 아빠는 미래에 대한 희망 따위는 결코 얘기하지 않는다. 대부분의 어른들과는 사뭇 다른 태도를 보인 것이다.

"행복해지고 싶다는 생각은 일찌감치 버려라. 다시 말하지만 지금보다 더 행복해질 수는 없을 거야. 그만 포기하고 강한 사람이 되어라."라며, 독립하면 행복해질 수 있다는 홍당무의 희망을 뭉개 버린다. 대신 어려움을 견디고 참으며 강한 사람이 되기를 종용한다.

홍당무처럼 비장하게는 아니더라도 대부분의 청소년들은 자기만의 방식으로 부모에게 독립 선언을 한다. 부모만 졸졸 따라다니던 아이가 친구의 말이라면 사족을 못 쓰고, 방문을 꽉꽉 닫으며 부모와의 소통을 거부한다. 부모가 약간의 조언만 해도 간섭하지 말라며 눈을 흘기고 가끔은 발끈하며 대들어서 부모를 당황하게 만든다. 전에 없이 거짓말을 곧잘 하기도 하고, 눈에 거슬리는 옷차림과 말투로 세상에 대한 불만을 쏟아 내기도 한다.

"선생님, 우리 애가 이상해졌어요. 어떻게 하면 좋죠?"

걱정하지 마시라. 드디어 진짜 성장이 시작된 것이니.

평범한 소재에 숨어 있는 반전 매력

흔히 소설을 '갈등의 문학'이라고 한다. 그런데《홍당무》에는 소설의 핵심을 이루는 갈등 구조라고 볼 만한 것이 없다. 토막 이야기, 즉 에피소드라 부르는 짤막한 여러 사건들이 이어지는 짜임으로 되어 있다. 그 에피소드들도 사건 자체만으로는 특이하다고 볼 것이 별로 없다. 하지만 작가는 평범한 이야기 속에 신랄한 풍자를 담아낼 뿐 아니라, 유머와 반전을 통해 어두운 이야기를 유쾌한 매력으로 승화시킨다.

홍당무는 지금 침대 밑에 요강이 없다는 것을 잘 알고 있었다. 르픽 부인은 자신이 요강을 꼭 챙겨 놓는다고 우겼지만 실제로는 항상 잊어버렸다. 〔중략〕 극심한 고통이 밀려오자 홍당무는 춤을 추듯 이리저리 몸을 흔들었다. 그러다가 벽에 부딪혀 넘어지면 다시 일어섰다. 의자에도 부딪히고 벽난로에도 부딪혔다.

마침내 벽난로 덮개를 들어 올리고는 장작 받침대 사이로 몸을 밀어 넣으며 엉덩이를 흔들었다. 끝내 본능에 항복하고 말았지만 더할 나위 없는 행복감이 밀려들었다. 〔중략〕 르픽 부인은 요강을 몰래 숨겨 가지고 들어와서 재빨리 침대 밑에 밀어 넣었다.

엄마가 요강을 챙겨 주었다면, 홍당무도 자다 일어나 볼일을 보고 편히 잠자리에 들 수 있었을 것이다. 하지만 엄마는 홍당무에게 그런 호의를 베풀지 않았다. 하지만 홍당무는 '당황하지 않고' 태연히 대안을 찾아내었다. 야단이야 좀 맞겠지만, 냄새 나는 벽난로를 보면 엄마도 마음이 편하지는 못할 테니까. 재치와 유머가 번뜩이는 장면이다.

이처럼 홍당무는 어려움에 처할수록 재치와 기지를 발휘해 자신만의 방식으로 문제를 해결해 간다.

홍당무가 아빠를 따라 사냥을 나갔을 때의 일이다.

"아빠, 귓속에 파리가 들어간 것 같아요." (음흉한 술수였다.)
"귀에 브랜디를 몇 방울 떨어뜨리면 죽지 않을까요? 아빠, 그래도 돼요?" (드디어 본색을 드러낸다.)
"네 맘대로 하렴. 빨리하고 따라와." (아빠가 걸려들었다!)
"아빠, 이제 파리 소리가 들리지 않아요. 브랜디를 모두 마시고 죽었나 봐요." (마침내 작전 성공!)

홍당무는 사냥터에서 아빠 뒤를 따르다 브랜디를 홀짝홀짝 마셔 버린다. 아빠에게 들킬까 봐 걱정하는 대신에 기지를 발휘하

프랑스에서 출간된 《홍당무》의 여러 판본들.

여 위기를 모면한다.

홍당무는 언제 어디서나 참으로 천연덕스럽다. 집에서 구박만 당하는 어린아이의 모습은 온데간데없다. 아니, 겉으로는 구박을 당하는 것 같지만, 실제로는 어른들이 홍당무의 술수에 당하고 있는 셈이다.

19세기 프랑스 중산층 가정의 실체를 적나라하게 묘사하다

《홍당무》는 프랑스 사실주의 문학을 충실하게 재현한 작품으로 평가받는다. 19세기 중산층 가정의 실체를 적나라하게 묘사하고 있기 때문이다.

《홍당무》가 출간되던 1894년 당시에는 대부분의 문학 작품, 특히 아동 문학에서는 부모와 두 자녀로 이루어진 4인 가족을 중심으로 중산층의 도덕을 강화하며 사회의 결속력을 다지는 모범적인 가정의 형태를 보여 주는 이야기가 유행했다.

특히 낭만주의의 영향으로 문학 작품에서는 아이가 어른에게 정신적인 위안이 되고 구원자도 될 수 있다며 아이들을 순수한 존재로 이상화시켰다.

하지만 《홍당무》는 달랐다. 홍당무는 천사 같은 아이가 아니라 어딘지 밉고 불결하고 잔혹한, 소년 특유의 결점을 고루 갖춘 극히 현실적인 인물이다. 홍당무의 가족 역시 서로 갈등하고 질투하고 심지어 미워하는 모습까지 보인다.

쥘 르나르는 거짓과 위선을 싫어하는 사람이었다. 1901년 일기에 "나는 숭고한 것을 음미하지만 진실만을 좋아한다."고 썼다. 그는 문학 작품에 '있는 그대로'의 인생을 담으려고 했다.

그가 《홍당무》에 담으려고 한 '있는 그대로'의 프랑스 사회는 어떠했을까?

19세기 후반 프랑스는 자연 과학이 눈부신 발전을 거듭하던 시기였다. 당시 프랑스 과학자들은 수학, 물리학, 화학, 의학, 지질학 등의 분야에서 놀라운 성과를 이루고 있었고, 이를 기반으로 근대 자본주의가 고도로 성숙하였다.

이처럼 자본주의가 눈부시게 발전하고 산업화되자 수많은 농촌 인구들이 도시로 급격하게 이동했다. 그럼에도 불구하고 여전히 시골에 남아 자신의 삶을 영위하는 사람들이 있었다. 바로 《홍당무》의 르픽 씨 가족처럼 말이다.

르픽 씨의 집에는 넓은 뜰이 있고, 닭과 토끼를 키운다. 오랫동안 함께 생활한 하녀 오노린이 있고(또는 오노린의 손녀 아가

경매로 57달러에 판매된 쥘 르나르의 친필 편지.

트), 딸과 두 아들 모두 학교에 다니
고 있다. 르픽 씨는 일 때문에 바쁘기
는 하지만 여가 시간에는 사냥을 하
고 근처에 있는 강에서 낚시를 한다.

당시 프랑스에는 나라에서 나오는
연금을 받아 생활하는 중산층이 많
았다. 르픽 씨가 금고에 넣어 둔 돈이
바로 연금이다. 홍당무는 매달 금고
에서 돈을 꺼내 엄마에게 주는 아빠
를 보며, '우리 집은 부자'라고 생각
한다.

하지만 그리 넉넉해 보이지는 않
는다. 르픽 부인은 치솟는 달걀값과

1895년 10월 20일에 발행된 신문 〈질 블라스〉. 홍당무와
마틸드가 이야기하는 장면.

버터값을 걱정하고, 르픽 씨는 비싼
학비를 강조하며 아이들에게 열심히 공부하라고 닦달하니까.

이런 점으로 미루어 르픽 씨 가족은 급격한 사회 변화 속에서
농촌에 살고 있는 '부유하지 않은 중산층'이라는 걸 알 수 있다.

홍당무는 마틸드에게 나중에 결혼하고 싶다며 이렇게 말한다.

"너희 집은 가난하고 우리 집은 부자니까, 내가 너를 업신여기
게 될지도 몰라. 하지만 너무 걱정하지 마. 너를 존중하려고 애쓸
테니까."

그러면서 홍당무는 마틸드에게 "아빠가 금고에서 돈을 꺼내
부엌 식탁 위에 올려놓으면, 엄마가 재빨리 식탁 위에서 돈을 주
워 담는다."고 말한다. 홍당무는 아빠가 엄마를 무시하는 이유가

'돈' 때문이라고 생각했는지도 모른다. 하지만 르픽 씨 부부의 관계가 소원한 건 당시 결혼 제도 때문이기도 하다.

당시 젊은이들은 결혼 전까지 행동이 자유롭지 못했다. 누나 에르네스틴이 약혼자를 홍당무와 함께 만나야 하는 것처럼 말이다. 그리고 결혼 상대는 종종 부모들에 의해 미리 정해져 있어, 서로 사랑하지 않아도 결혼해서 함께 사는 걸 당연하게 여겼다.

엄마 때문에 '독립'을 선언한 홍당무에게 "내가 네 엄마를 사랑한다고 생각하니?"라며 자신의 속내를 고백한 아빠도 이러한 결혼 제도의 피해자라면 피해자다.

당시 아이들은 지금처럼 의무적으로 교육을 받을 수 없었다. 중산층 자녀들만 제대로 된 교육을 받았으며, 만약 궁핍한 집안에서 태어났다면 일찌감치 거리로 나서서 원치 않는 '독립'을 해야만 했다.

당시에는 공장에서 아이들을 데려다 일을 시키는 게 흔한 일

1908년대에 방직 공장에서 일하는 아이.

이었다. 산업의 발달로 공장을 비롯한 산업 시설에 많은 노동력
이 필요했기 때문이다. 아이들은 오랜 시간 동안 아주 적은 임금
을 받고 열악한 환경 속에서 고된 일을 해야 했다. 하지만 이를
막을 사회적 장치는 아무것도 없었다.

　이런 점을 고려한다면, 비록 집에서 천덕꾸러기 대접을 받기
는 했지만, 기숙 학교까지 다닌 홍당무의 처지는 행복한 것이었
을지도 모른다. 하지만 이런 말을 듣는다면 홍당무는 아마 이렇
게 대꾸하겠지.

　　"누구나 자기만의 고통이 있을 거예요. 하지만 그런 사람들을
　동정하는 일은 다음에 할래요. 지금은 제 자신을 위한 정의를 위
　해 싸울래요."

삶을 진지하게 성찰하며 살았던 쥘 르나르

　소설가이자 극작가인 쥘 르나르는 1864년 2월 22일 프랑스의
샬롱 뒤 멘에서 태어났다. 쥘 르나르가 두 살 되던 해, 건축업자
였던 아버지 프랑스와 르나르는 하던 일을 그만두고 시골 마을
쉬트리로 내려갔다. 쥘 르나르는 그곳에서 어린 시절을 보냈는
데, 쉬트리의 집과 주변 풍경은 훗날《홍당무》의 배경이 되었다.

　어머니 안나 로즈 콜랭은 말이 많고 목소리가 컸으며, 툭하면
고함을 지르고 투덜거렸다. 아버지는 어머니를 그다지 사랑하지
않았고, 나중에는 우울증에 걸려 말도 거의 하지 않았다. 쥘 르나
르에게는 다섯 살 터울의 누나 아멜라와 두 살 터울의 형 모리스

쥘 르나르가 어린 시절 살던 쉬트리의 집(왼쪽)과 만 2세인 쥘 르나르와 엄마 안나 로즈 콜랭(오른쪽).

가 있었다.

쥘 르나르는 경제적으로는 비교적 넉넉했지만 화목하지 않은 가정에서 자라났다. 하지만 학교 성적이 뛰어났던 그는 가족의 희망이었고, 아멜라는 언제나 그를 잘 보살펴 주었으며, 아버지 와도 단단한 신뢰로 엮인 이상적인 부자 사이였다.

1875년부터 6년 동안 느베르의 생 루이 기숙 학교에서 중학교 과정을 마치고, 열일곱 살인 1881년 10월 파리로 나와 파리 샤를 마뉴 고등학교에서 수업을 들었다. 스무 살이 되던 해 파리에 정 착하기로 결심한다.

그는 철도 회사, 창고 회사 등에서 낮은 급료를 받으며 힘겹 게 생활하다가 〈피가로〉지에서 5년간 신문 기자 생활을 하며 시 와 소설을 썼다. 이때 상징주의 시인들과 교류하며, 1886년 시집 《장미》를 발표하고 문단에 등장했다. 그는 플로베르와 모파상을 비롯한 사실주의, 자연주의 소설에 몰두했다.

스물네 살인 1888년 4월 28일, 열일곱 살인 마리 모르노와 결 혼했다. 그 뒤 조용하고 착한 아내 덕분에 문학 활동에만 전념했 다. 그해 10월 단편 소설집 《마을 범죄》를 출간하면서 본격적인 활동을 시작했다.

1889년 2월에 아들 피에르 프랑스와 르나르가 태어난 뒤, 그해 11월에는 상징파 잡지《메르퀴르 드 프랑스》의 창간에 참여했다. 1892년에 딸 쥘리 마리 르나르가 태어났고, 같은 해에 발표한 소설《식객》으로 문단의 주목을 받기 시작했다.

1894년《홍당무》를 발표하여 일약 명성을 떨치게 되었다. 당시 프랑스의 주요 문학 잡지들은 일제히 상당한 지면을 할애해 작품이 지닌 영향력과 문체의 독창성에 주목했다. 간단명료하면서도 정곡을 꿰뚫는 문장, 소설과 희곡, 편지 형식이 어우러진 독창적인 문체는 큰 찬사를 받았다.

그 후로《포도밭의 포도 지배자》(1894)를 비롯하여《박물지》(1896) 등의 명작을 잇달아 썼다. 극작가로서도 비범하여 자연주의 극 분야의 대표적인 작품들로 평가받는 〈이별의 기쁨〉(1897), 〈나날의 양식〉(1899) 등을 발표하면서 자신만의 확고한 문학 세계를 열어 나갔다.

샤를마뉴 고등학교. 지금도 프랑스의 명문 고등학교로 명성이 높다.

앙드레 지드는《에르미타주》라는 잡지에 "쥘 르나르는 나를 얼마나 감탄하게 하는지. 나는 마치 그가 이미 이 세상 사람이 아니기라도 한 듯이 그를 찬미하고 있다. 〔중략〕 나는 그의 글을 고전처럼 되풀이해 읽고 있다."고 밝히며 그의 작품을 극찬했다.

1908년, 쥘 르나르와 아내 마리 모르노.

자연을 향한 애정을 담은 산문집 《박물지》

《박물지》는 《홍당무》에 이어 지금까지도 많은 독자들의 사랑을 받고 있는 산문집의 고전이다. 쥘 르나르가 초원과 들길과 숲을 산책하면서 만나는 수많은 동식물을 관찰해 쓴 작품으로, 1896년에 출간된 초판은 45편으로 되어 있었으나, 1904년에 25편을 추가해 다시 펴냈다.

이 책은 동시대 예술가들뿐 아니라 후대 예술가들에게도 창조적 영감을 제공해 왔다. 피에르 보나르나 앙리 드 툴루즈 로트레크 같은 유명한 화가들이 기꺼이 이 책의 삽화가로 나섰고, 〈볼레르〉를 작곡한 유명 음악가 모리스 라벨은 《박물지》에서 다섯 편(〈뿔닭〉, 〈공작새〉, 〈백조〉, 〈귀뚜라미〉, 〈물총새〉)을 골라 연가곡으로 작곡해 이 책에 실린 글의 아름다움을 음악으로 표현했다.

쥘 르나르는 《박물지》에서 자연을 향한 따뜻한 감성과 애정을 진술하고 유머러스하게 보여 준다. 스스로를 '영상의 사냥꾼'이라고 불렀던 그는 이 책에서 감각적인 이미지를 선보이며 번득이는 통찰력과 기발한 상상력을 아낌없이 발휘한다.

쥘 르나르의 재치가 돋보이는 짧은 글 몇 편을 소개한다.

> 그 한 마리 한 마리가 숫자 3을 닮았다.
> 여기도 3! 저기도 3!
> 33333333333…… 끝이 없다. - 〈개미〉 중에서

> 둘로 접은 이 편지 쪽지는 꽃에게 보내는 연애편지. - 〈나비〉

> 재빠른 점화부(點火夫) 다람쥐는, 꼬리로 작은 횃불을 들고
> 나뭇잎 사이사이를 이리저리 내달리며 가을에 불을 놓고 있다.
> - 〈다람쥐〉 중에서

피에르 보나르가 그린 《박물지》(1904)의 표지.

피에르 보나르가 그린 그림.

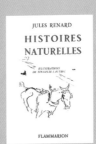

툴루즈 로트레크가 그린 《박물지》(1961)의 표지.

쥘 르나르는 《홍당무》를 희곡으로 각색했고, 1900년 3월에 파리의 앙투안 극장에서 상연되어 큰 인기를 끌었다. 그해 8월에 영예로운 삶을 산 사람에게 수여하는 프랑스 최고의 훈장 '레종 도뇌르'를 받았으며, 10월에는 연극 〈홍당무〉의 100회 상연을 축하하는 파티를 열었다.

그는 다방면에도 뛰어난 능력을 발휘해 정치 활동도 했는데, 1904년에는 쉬트리 마을의 시장으로 선출되었고, 4년 뒤 재선되어 세상을 떠날 때까지 그 직무를 수행했다. 또한 1907년에는 프랑스 공쿠르 아카데미 위원으로 선출되어 위원회 활동에 열성적으로 참여했다.

쥘 르나르가 작가로서 세상에 이름을 알리는 와중에 가정적으로는 좋지 않은 일이 연달아 일어났다. 심장병을 앓던 아버지가 1897년에 삶을 비관해 자살했고, 삼 년 뒤 형 모리스도 심장병으로 세상을 떠났으며, 1909년 8월에는 어머니가 쉬트리의 옛집 우물에 빠져 죽고 말았다.

쥘 르나르는 명성을 얻은 뒤에도 소박하고 단출한 삶을 살았다. 그리고 1910년 5월 22일, 동맥 경화증으로 파리에서 마흔여섯의 짧은 생애를 마쳤다.

그가 죽은 뒤, 유고집으로 《속 좁은 여자》, 《잡담》, 《쥐며느리》, 《일기》 등이 출간되었다. 특히 《일기》는 1887년부터 죽을 때까지, 24년 동안 파리에서 겪은 힘든 생활과 작품에 관한 메모를 담은 글이었다.

《일기》에는 항상 문체 연마에 힘쓰며, 주변 사람들의 진실된 모습을 지켜보려는 의지와 태도가 고스란히 담겨 있다. 특히 작가로서의 고뇌와 삶에 대한 성찰이 생생하게 담겨 있어 일기 문학의 본보기로 높이 평가받는다.

천덕꾸러기 홍당무?
아니! 전 세계 사람들의 사랑을 받는 개구쟁이!

《홍당무》가 소설로 출간되고 엄청난 인기를 얻은 후, 쥘 르나
르가 이 작품을 직접 희곡으로 각색했다. 쥘 르나르는 배우이
자 연출가였던 앙투안에게 희곡을 직접 읽어 주었고, 그 작품
이 마음에 들었던 앙투안은 직접 주연을 맡아 1900년 3월에 앙
투안 극장에서 처음으로 상연되었다.

앙투안 극장은 앙투안이 1887년 상업주의 연극에 반기를 들며
세운 자유 극장이었다. 앙투안은 시대와 인생의 진지한 문제를
다루면서 현실의 단면을 보여 주는 사실주의 희곡을 채택해 극
을 올렸다. 〈홍당무〉는 이러한 극장의 성향에 꼭 맞는 작품이
었다. 1903년에도 앙투안 극단은 쥘 르나르의 《뿌리 없는 담
쟁이덩굴》을 극화한 〈베르네 씨〉를 상연했다.

1925년에 제작된 영화 〈홍당무〉의 포스터.

소설 《홍당무》와 연극 〈홍당무〉의 인기는 프랑스를 넘어 전
세계로 퍼져 나갔고, 영화로도 제작되었다. 우리나라에서도
연극 〈홍당무〉의 희곡은 프로 극단뿐 아니라, 아마추어 극단에서도 자주 무대에 올릴 정도로 고전 중의
고전으로 꼽힌다.

프랑스 파리에 있는 앙투안 극장.

1910년에 필립 라그뤼가 연출한 연극 〈홍당무〉의 한 장면.

쥘 르나르는 어린 시절부터 이십대 중반까지 인생의 절반을 힘들고 외롭게 살았다. 그리고 그 경험을 토대로 인생의 나머지 절반은 작가 겸 비평가로, 쉬트리의 시장으로 폭넓게 활동하며 열정적인 삶을 살았다. 명성을 얻은 후에도 자만하지 않고 힘들고 비참한 삶을 살아가는 사람들에게 관심을 갖고, 있는 그대로의 현실을 작품 속에 담아내려고 애썼다. 그러면서 유행을 좇지 않고 자신만의 개성 있는 문학 세계를 구축했다.

쥘 르나르.

그는 '무엇을 쓸 것인가?'보다는 '어떻게 표현할 것인가?'에 더욱 주력하며 글을 썼다. 아름다운 시구나 과장된 표현, 화려한 줄거리 없이 간결하고 정확한 언어로 대상을 표현했다. 또 "자기 체험 없이는 글을 쓸 수 없다."고 말했을 만큼, 직접 경험하고 실제로 보고 느낀 것을 진정성 있게 작품에 담아내려고 노력했다. 그래서 그의 작품에는 깊이 있는 통찰력과 예리하고 섬세한 관찰력, 신랄한 풍자가 돋보인다.

푸 른 숲
징 검 다 리
클 래 식
0 3 9

홍당무

첫판 1쇄 펴낸날 2014년 9월 30일
5쇄 펴낸날 2023년 5월 25일

지은이 쥘 르나르 **옮긴이** 전혜영
발행인 김혜경 **편집인** 김수진
주니어 본부장 박창희
편집 길유진 진원지 강정윤 조승현
디자인 전윤정 김혜은
마케팅 최창호 임선주
경영지원국 안정숙
회계 임옥희 양여진 김주연

펴낸곳 (주)도서출판 푸른숲
출판등록 2003년 12월 17일 제2003-000032호
주소 경기도 파주시 심학산로 10, 우편번호 10881
전화 031) 955-9010 **팩스** 031) 955-9009
홈페이지 www.prunsoop.co.kr **인스타그램** @psoopjr
이메일 psoopjr@prunsoop.co.kr

ⓒ 푸른숲주니어, 2014
ISBN 979-11-5675-028-4 44860
978-89-7184-464-9 (세트)